AF367903

Aquiescencias

Tomo I

«Estimados,

Este recopilatorio de aquiescencias está dedicado a todos vosotros, nuestros lectores aquiescentes, que nos brindáis tantos apoyos y alegrías.

Compartidlo con todos aquellos buenos seres que disfruten de la magia de las palabras, con la mirada absorta en la lectura, con la esperanza de una vida mejor.

Recordad aportar vuestra pequeña brizna de luz a este maravilloso mundo. Solo existe el amor».

Equipo aquiescente

1° Edición: 7 de julio de 2017

Autores: Ignatius, NUTLA, S. Bonavida Ponce, UTLA
Correctora estilo: Genoveva Gutiérrez Ruiz
https://www.geniuzz.com/g/revisora-de-textos-44819
Diseño colección: Feli
Editor: S. Bonavida Ponce
Idea original: UTLA
Ilustración portada: Carrie on Art
https://www.facebook.com/carrieonart/
Lectura Beta: Amalasunta Regna, Doctor Joseph Louis, El Bruto, Guardián de los portales, Lady Matkow, Panith.

Un tranquilo lugar de aquiescencia © 2010
www.untranquilolugardeaquiescencia.com

Aquíndibro

✻ Negatifícades ✻

La Escritora Triste

«No es impropio el llanto en las grandes almas, antes bien, indica el consorcio fecundo de la delicadeza, en sentimientos con la energía de carácter»

Benito Pérez Galdós

Desde pequeña los cuentos, las leyendas y los relatos fantásticos habían formado parte del mundo de María.

«Entonces, en aquella oscura noche de invierno, apareció el Señor Frío y heló las casas de los aldeanos, que se tornaron azules. El caballero, Sir Henry, sabía que solo una flor de girasol podría detener el avance del malvado». Su abuela, una escritora que nunca obtuvo éxito, le narraba por las noches las hazañas de un fantástico mundo de su invención. En esa tierra de caballeros y monstruos, un poderoso ente llamado el Señor Frío, acometía millares de atrocidades. Este ser era un enemigo oscuro que se colaba por los resquicios de las ventanas, entraba en los hogares y mataba en silencio a sus víctimas. El azul hielo, color adoptado por su abuela, era la marca indeleble de aquellos crímenes. La impresionable María, poseedora de una gran imaginación, escuchaba empática las invenciones de su abuela. En aquel estado, entre la vigilia y el sueño, se sumergía con inocente fervor en un mundo donde el destino se regía por pautas muy básicas: bien-mal, luz-oscuridad, calor-frío, vida-muerte… La pequeña escuchaba expectante los giros de los acontecimientos, aunque al final de cada relato, solo tenía una pregunta: «¿Cuándo vendrá mamá?». Su abuela le dirigía una mirada compasiva, le acariciaba la cabeza, y con la excusa del sempiterno trabajo de la madre, daba por zanjado el relato nocturno.

Una noche, mientras escuchaba una atrocidad acometida por el Señor Frío, su abuela comenzó a sufrir un infarto. María examinó preocupada el rostro convulsionado por el dolor. Su abuela se retorcía en el suelo. Incluso creyó ver, en un breve lapso, un color azul en aquel rostro que tanto amaba. ¿El Señor Frío atacaba a su abuela? No sabía qué pensar, no sabía qué creer, solo se quedó en el suelo, llorando, abrazándola. El rostro de su anciana abuela estaba congelado. Su madre llegó por suerte aquella noche más pronto de lo habitual, llamó a urgencias y la providencia quiso que aquella noche el Señor Frío no consiguiera llevársela…

Sin embargo, cuando contaba dieciocho años, alguien decidió, desde muy lejos, cobrarse una antigua deuda: su abuela murió en diciembre. María acudió junto a su madre al tanatorio y, en vez de depositar el típico ramo fúnebre, dejó encima del féretro un pequeño girasol. Aquella flor le recordaba las lejanas noches de invierno, acurrucada entre las sábanas, mientras su abuela le leía algunos párrafos antes de quedarse dormida. A pesar de que era muy pequeña, en sus sueños le acompañaban el Señor Frío, Sir Henry y el resto de personajes. Su abuela fue una gran directora de orquesta en aquel mundo onírico, quien con un pequeño movimiento de batuta alejaba a los malvados monstruos y al temido Señor Frío. María quedó pensativa cuando los doctores nombraron la causa de la muerte: neumonía. ¿No era una enfermedad causada por el frío?

Esa muerte, la primera a la que ella asistió en su familia, le descubrió por vez primera el mundo de la desgracia humana. En la televisión, en los periódicos, en la radio, en los libros que tanto amaba, en todos ellos morían personas, cada día, a cada momento. Esos sucesos le eran indiferentes, como los distantes protagonistas, los cuales se olvidaban con un pequeño bálsamo de lágrimas. No eran desgracias perdurables en su mundo. Pensó que el Señor Frío atacaría solo al resto, que las cosas malas les sucederían a otros. Sin embargo, cuando atacó a su abuela, algo cambió en su interior. Siempre había pensado que su abuela viviría para siempre, pero en aquellos días de tanatorio y cementerio, se dio perfecta cuenta de la fragilidad de la vida, de lo afortunados que somos los vivos y de la brevedad de la existencia. Ya no disfrutaría de su compañía, de sus tiernas palabras, de las lecturas a su lado cobijada entre las sábanas. Una secreta tristeza, tan pequeña como la cabeza de un alfiler, vino a hospedarse en un rinconcito de su corazón.

Apenas dos años más tarde, la peste del siglo XXI atacaba a su madre, que murió de cáncer. A pesar de las revisiones, del pronto diagnóstico, los médicos se encontraron desarmados antes la metástasis, como ellos lo llamaban esta vez. Con reforzada convicción, María apuntó en dirección al verdadero culpable: el temido Señor Frío, que volvía a cebarse con su familia. ¿Por qué lo hacía? ¿Qué quería de ella? En noviembre las temperaturas bajaron a hitos históricos, se lo imaginó caminando a sus anchas por las calles, avanzando imparable hasta finalizada la calle Enero, apartando la vida a su alrededor con un ligero azote de sus plumas congeladas, tornando azul todo a su paso. El tétrico señor había reunido a su mamá y abuela en el mismo lugar.

Y, de nuevo, fueron días de tanatorio y cementerio. Recordó a su abuela. Lloró a su madre.

Como las desgracias odian aparecer solas, en aquel entonces, su prometido, la abandonó. «Necesito estar solo un tiempo», le dijo.

El tiempo pasa rápido para quien no espera y con lentitud para quien mantiene la esperanza. Cuanto más pensaba en aquella frase, más pensaba en cómo dos sucesos inconexos y desgraciados se unían para acabar con la aparente serenidad de su calidez interior. Su abuela le contó que el temido villano, el señor de la gélida magia, también entraba en los corazones de las personas, aniquilando la ilusión. Vio un resplandor de ese brillo helado en los ojos de su antiguo novio el día que lo divisó a lo lejos en la calle, tres meses después, agarrado de la mano de otra mujer. Cuando llegó a casa, y más vueltas dio a los pensamientos alojados en su mente, menos sentido le encontró a la vida y más temió al Señor Frío. Y en un pequeño rincón de su corazón, la tristeza fue ganando terreno, y con tan buenas simientes como era regada, la pena creció. Recordó algunas palabras de su abuela: «El sol y los girasoles lo alejan; el astro rey porque proporciona calidez, y la flor amarilla por su poder curativo. Esas flores absorben de manera natural la energía de "Padre Sol". Ellos evitarán que se meta en tu corazón». Desde aquel día, recordaba supersticiosa las palabras de su abuela, por ello regaba a diario un tiesto con simientes de girasol.

Cuatro novelas y diez libros para niños más tarde, María continuaba soltera. Desde aquel novio suyo de la adolescencia, no se había vuelto a plantear tener pareja. Pasaba buenos ratos escribiendo como una poseída. La literatura no le daba para vivir, su principal sustento era un trabajo como administrativa y un puesto a media jornada en una empresa de alquiler de trasteros. Los días laborables se convertían en un pequeño reino de taifas donde María compartía las obligaciones del trabajo con las ensoñaciones de sus mundos y el placer de la música. Sí, María era una diletante de la música. La musicalidad había acudido a ella de repente una tarde que cruzó por delante de la tienda de instrumentos «Galvany & Hijos». Allí se enamoró de un pequeño saxo y se lo compró. Algo extraño en ella, ya que no era mujer de impulsos. Lejos de esa tibieza impulsiva, María empezó a recibir clases, e inició un cálido acercamiento al aprendizaje del instrumento. Dedicaba una hora cada día a extender las delicadas yemas de sus dedos por encima de las llaves, aspirando y resoplando, regulando el tráfico de las notas que reproducía su aspiración. La música creaba letanías de las historias de sus personajes. Así pasaban los días de María, entre empleos aburridos, ensoñaciones y música…

Solo se permitía un día de descanso a la semana. Su inseparable amiga Rosa, a quien había conocido en su soporífero trabajo de administrativa, la animaba siempre a salir. Ella era un contrapunto a la tristeza de María. Sin lugar a dudas, una mujer con tal floral nombre le haría mucho bien. Se habían conocido en su primer día de trabajo en el despacho. Carmen y Armanda, señoras mayores con manías más grandes que la propia edad, no le facilitaron el tránsito al mundo laboral. Pero Rosa la acogió y le enseñó lo necesario para ser hábil en aquel empleo. Enseguida se hicieron amigas. La alegría de Rosa era contagiosa. Tanto, que las heladas tristezas del corazón de María se descongelaron con la tibieza de las sonrisas de su amiga. El malvado Señor Frío retrocedía asustado ante el cálido ataque de la sonrisa de aquella mujer.

En la presentación de su quinta novela, *El cielo es para reír*, la más alegre que había escrito en su trayectoria, María iba a sorprender a Rosa.

La dedicatoria de la novela rezaba así: «A Rosa pluscuamperfecta, mi mejor amiga». Aquellas lineas eran un secreto que tan solo conocía su editor. Sería una grata sorpresa para su querida alma gemela.

El mismo día de la presentación, recibió una llamada unas horas antes del inicio del evento desde el hospital: Rosa había ingresado con diagnóstico grave. Un coche la había arrollado en pleno centro. Rosa cruzaba despreocupada por el paso de peatones, se dirigía a una calle comercial, a una tienda de ropa cercana a la librería donde María había soñado con sorprenderla. Un coche surgió de improvisto por la esquina, la atropelló y se dio a la fuga. ¿Era el cobarde conductor el Señor Frío? María se devanaba los sesos pensando por qué la odiaba tanto. Los testigos dijeron que el impacto había sido brutal.

María se imaginaba al malvado ser apoltronado en los mandos del automóvil, cambiando con lentitud de marcha, pisando con su bota negra el pedal de aceleración y fijando su vista en la calidez de Rosa, paseando inocente por la calle.

La presentación en sociedad de la novela fue aplazada y nunca realizó una exhibición pública de aquel vástago suyo de tinta y papel. Su editor le insistió durante meses, pero ella era hija de la tozudez, la pena se ancló en su corazón y moldeó su carácter. Adquirió una actitud de desdén con la vida, propia de las personas heridas. Si no hubiera escrito aquella novela, si no se la hubiera dedicado a su amiga. Un mar de «si nos» anegaba la mente de la escritora… Si su editor quería prescindir de ella, estaría encantada de buscarse uno nuevo, o quizá, incluso, dejaría de escribir. Por suerte para sus lectores, no fue así. La alegría plasmada en aquella novela fue desterrada al baúl del olvido, guardada en un antiguo cobertizo en el mundo de las hadas oscuras. Los periodistas, auténticos buitres del dolor ajeno, hicieron eco en todos los periódicos de aquella desgracia tan vendible.

Como parte de la contradicción propagandística, aquello solo contribuyó a aumentar la fama de la novela, hecho que disgustó mucho a María.

*
**

Su fama comenzó a crecer. Diez novelas, una de ellas con más de cincuenta mil ejemplares vendidos, avalaban su buena trayectoria. Sus cuentos para niños, de carácter esperanzador y alegre, contrastaban con sus novelas para adultos. Los cuentos eran el único reino mágico donde se permitía mostrar un poco de felicidad, aunque existían algunas voces críticas, que señalaban una inefable tristeza encerrada entre las palabras.

Muertes, desgracias, personajes marcados por lo trágico y desolaciones humanas de la peor índole asolaban sus particulares novelas, conformando así una cosmogonía muy particular; y un conector en todas ellas: la nieve, causa de muerte. Aquel elemento era la principal causa de los mayores tormentos en los personajes, los cuales conseguían salvarse solo a través de la calidez: ritos con llamas, particulares quemas de troncos o aplicándose baños de luz en las cálidas playas de mar Alegría.

Las ventas de sus libros le permitieron dejar su trabajo contable para dedicarse en exclusiva a escribir. Aquello podría haber parecido una situación halagüeña, pero perder el contacto cotidiano con personas agrió el carácter de la escritora, la cual comenzó a encerrarse cada vez más en su casa y en sus mundos. Pasaba épocas de verdadera tristeza. Su editor la obligaba a viajar, no tanto porque fueran necesarias las promociones, sino para evitar ese tránsito a la locura que el buen hombre preveía que se iba acercando. María solo poseía en aquel entonces dos buenas compañeras de viaje: Citalopram y Ansiendín, dos antidepresivos que la dejaban mustia. También había descubierto un terrible secreto, uno que nunca había contado a nadie: cuanto más triste se encontraba, mejor escribía. Utilizaba la poderosa fuerza de la tristeza arraigada en su corazón y transformaba todos sus sombríos pensamientos en sublimes palabras para cada una de sus novelas. Un denominador común comenzó a acechar escondido en cuentos, novelas y cualquier escrito del que ella realizara gala. El frío, un tema recurrente en sus escritos, comenzó a ser analizado con sumo interés por los especialistas literarios. ¿De dónde sacaba aquella mujer un interés tan profundo por la gelidez?

Algunos críticos comenzaron a apodarla «la Escritora Triste». Gregorio Santristán, uno de los columnistas más hirientes, escribió un manual de escritores sobrevalorados. El capítulo dedicado a María lo tituló: *Aforismos innecesarios en el reino del frío realizados por la Escritora Triste*. A María le desagradaba aquel apodo, Escritora Triste, aunque nunca se quejó en público de ello. Detestaba, y también temía, el profundo análisis de Gregorio en torno al existencialismo sobre el Señor Frío. Para ella era espeluznante lo mucho que ahondaba en sus propios temores aquel hombre. Durante mucho tiempo, lo odió en secreto.

En aquellos días de éxito, apareció Él, William, un hombre diez años mayor que ella, brillante, hermoso, buena persona. Era amigo de su editor y había enviudado dos años atrás. En una de las muchas cenas a las que su editor le obligaba a asistir, María conoció a William, quien se quedó prendado de la inteligencia que desprendía aquella mujer. Él era un hombre atento, pasional, entendía de libros y escribía una pequeña columna en un periódico de tirada nacional en Londres. Era bilingüe, de madre española y padre escocés, porque, aunque se había criado desde pequeño en la capital de Reino Unido, dominaba a la perfección la lengua de Cervantes y la de Shakespeare.

Una palabra amable, seguida de otra, e infinidad de frases cariñosas que se ampliaron con tardes de cafés. Un número telefónico solicitado con torpeza. Una cena romántica. Un paseo. Otra cena menos romántica aderezada con una amorosa noche de alcoba. El corazón de María, acostumbrado al helor durante tantos años, comenzó a atemperarse por el cálido riego proveniente de William; aun así, aquella pequeña cabeza de alfiler alojada en lo más profundo de su corazón no dejaba de pincharle un poquito cada día.

«Sé feliz», soñaba María mientras recordaba las palabras de su abuela, y olvidaba las de su madre. Algo extraño, pues recordaba conversaciones completas con su abuela, pero apenas conseguía recordar algunas frases de su progenitora. Con Rosa le sucedía algo distinto, no podía olvidar a su amiga, aunque intentara hacerlo. Su recuerdo azuzaba el helor de la pequeña aguja instalada en el corazón. A pesar de ello, llevaba un colgante con la foto de su amiga y su abuela cerca del pecho, una foto de su madre presidía el lugar más alto en el comedor, pero no miraba mucho en aquella dirección.

*
**

En los albores de su gran novela, aquella que la encumbraría por todo lo alto, estaba enamorada. ¿Cómo sabía María que aquella se convertiría en su mejor novela? Su editor, un viejo zorro del mercado editorial, se lo repetía a diario. William, quien había podido leer un manuscrito, también se lo repetía. La unión de ambas opiniones, experiencia y amor, hizo crecer la confianza en ella, pero el pequeño alfiler continuaba punzante en su interior. ¿Cuándo fue la última vez que María se había topado con el Señor Frío? ¿Se habría olvidado este de ella? La persistente punzada era un mal presagio, como aquella vez hacía años, en la presentación de su novela *El cielo es para reír*. El día que murió Rosa su alfiler pinchaba con dureza. La experiencia acumulada en el devenir de los años le recordaba tristezas a María que la despojaban de cierta felicidad, de esa tibieza tan necesaria para luchar contra la malvada gelidez.

Ya llevaba escritas más de ochenta mil palabras. María había traspasado con creces el umbral de felicidad de cualquier editor. Pero existía un problema: la tristeza había hecho tanta mella en el ser de María que ya no sabía continuar aquella novela suya sin sentir aquel sentimiento de desazón constante. La punzada de alfiler le alarmaba cada día con renovados ataques. Dedujo que aquello era un indicador del innombrable. El alfiler detectaba la proximidad del Señor Frío y, aquellos días, las punzadas se extendían más allá de lo razonable. ¿Serían agoreras premoniciones?

William le proporcionaba mucho amor, pero su novela requería un particular riego con gotas de tristeza. La Escritora Triste se hallaba en una encrucijada. Estaba parada en un cruce funesto, en aquella tierra de nadie donde sus manos solo deseaban acariciar el cuerpo de William, pero que, por otro lado, esas mismas manos, le reclamaban apartar con brusquedad al posible asesino de su creación. En la batalla anclada en su corazón, calidez contra gelidez, esta última llevaba mucho terreno ganado.

William era un ave migratoria que vivía a medio camino entre dos ciudades. Sus obligaciones, con la revista londinense, le mantenían alejado de su Escritora Triste. Con esas dos vidas tan apartadas, no era de extrañar que desconociera las tribulaciones de su amada. A pesar de las circunstancias, su amor crecía cada día más, y en uno de sus eternos retornos le propuso matrimonio. Ella, con una sonrisa inocente en el rostro, le solicitó un tiempo para pensar en la proposición. Él tomó aquel aplazamiento como parte de un esquivo interés femenino, no podía sospechar la verdad…

Una fuerte punzada, del alfiler alojado en lo más profundo de su ser, hizo decantar la lucha en favor de las fuerzas del frío. Su corazón se congelaba, ella no quería, pero así era. Reía histérica por el día, pero lloraba por las noches.

William era el hombre más bueno del mundo. La calidez que desprendía un hombre así era prodigiosa; aunque a aquellas alturas ya no era suficiente para descongelar aquel gélido corazón, que, puntada tras puntada, había ido creando una sólida capa de frialdad alrededor de él. Además, ¿y su novela? ¿Qué sería de su hija si continuaba enamorada? La promesa de la eterna felicidad, ¿mataría a su retoña? Y otra pregunta, aún más acuciante y perversa, ¿le perdonaría su eterno enemigo ser feliz? El Señor Frío no parecía cernirse en ella, de alguna manera este la protegía con alguna intención, solo sus seres queridos morían a su alrededor: su abuela, su madre, Rosa, ¿William?... Cuando pensó en su amor, las punzadas se incrementaron, y comenzó a llorar. Cada día regaba los girasoles que cultivaba en el huerto de su casa, pero estos no parecían recoger la energía solar necesaria que le hubiera hecho tanta falta para combatir la gelidez de su corazón.

Mientras acababa de tomar una decisión, William tuvo que regresar a Londres por motivos de trabajo, aquellas noches lágrimas desconsoladas aparecían en sus ojos. Estas rodaban por el pliegue de la nariz a una temperatura baja para el común de las personas y se estrellaban convertidas en hielo al tocar el suelo. Se revolcaba insomne dando vueltas en la cama. Pensaba mucho en su abuela, no tanto en su madre, también en su amiga Rosa, y en aquel primer novio que no había olvidado, en William y, sobre todo, en su novela. Algunas noches lloraba sin saber muy bien el porqué, aunque las punzadas de su corazón eran una poderosa pista, y continuaron incrementándose en aquellos días de lloros sin sentido...

Una noche, hablando por videoconferencia, María adoptó una expresión fría y cortó con él. La sorpresa de William al otro lado de la línea fue inmensa. Este insistió en esperarla. Lloró. Suplicó e incluso la amenazó con el suicidio. Todo fue en vano. El corazón de María ya no poseía ninguna afinidad con la alegría. La calidez de William, de los girasoles, las palabras de su abuela, las notas de su saxo, la sonrisa de Rosa... habían perdido la batalla contra la gelidez. Sin embargo, María estaba contenta: alejándose de su amado William, él tendría alguna posibilidad de escapar del malvado Señor Frío. No oiría repicar sus botines oscuros en la proximidad de las esquinas, no temería que sus manos heladas pudieran acercarse al cuello de su amado.

Su novela *El girasol congelado* fue todo un éxito. Hasta los más taimados críticos tuvieron que censurar parte de sus rencores. Escondieron sus ponzoñosos artículos ante el alud de fama que recorría aquella obra. Era difícil criticar aquel libro sin defenestrarse al callejón del olvido. María esperaba expectante el artículo de su antiguo detractor, Gregorio Santristán, el único que conseguía trastocarla con sus palabras. Quizá porque, con su singular visión, se acercaba mucho a la verdad. Sin embargo, la crítica del columnista se retrasaba. El artículo tardó una semana en aparecer, el crítico iniciaba el discurso disculpándose por la tardanza y advirtiendo que aquella sería su última crítica. Había comenzado un tratamiento de quimioterapia y no podría continuar con su trabajo. Al leer aquellas líneas, María recordó los últimos días de su madre.

En esa última columna redactada por Gregorio en su columna dominical, este la finalizaba de la siguiente manera: «... de la Escritora Triste debo recalcar que este es su mejor trabajo. Ha sabido enterrar, bajo capas de buena literatura, su particular mundo en torno al frío. No me arrepiento de haber criticado con dureza sus anteriores obras, ya que quiero arrogarme cierto mérito en el alumbramiento de esta, su obra culmen. A pesar de que no concuerdo con la filosofía oscura que posee la Escritora Triste, este personal punto de vista no desmerece su última obra, propia de un espíritu incansable que ha sabido extraer lo mejor de las letras. Espero que el tiempo sepa ponernos en nuestro justo lugar. Saludos y hasta siempre».

María leía desde hacía años las críticas de Gregorio. Aquella le hizo llorar. Las últimas palabras del crítico no parecían dispuestas para herirla. Eran una pesarosa conclusión, un punto y final cálido. ¿Sería ella la malvada y no el crítico? La pequeña cabeza de alfiler emitió una pequeña nota disonante que se ancló macabra en su corazón.

Por una vez, crítica y público, esa extraña pareja que rara vez va agarrada de la mano, coincidían en otorgarle sus bendiciones a *El girasol congelado*. Las ventas en masa fueron todo un éxito.

Volvía a ser invierno. La crudeza en las temperaturas exteriores contrastaba con la calidez emitida por el sistema de calefacción en la casa de María, pero aquella noche, algo falló. El sistema calefactor se estropeó. María no llevaba bien la aproximación real al frío, lo odiaba y lo amaba por igual. Llamó al servicio de reparación, pero le comentaron que tardarían horas, los técnicos estaban saturados a aquellas horas. Mientras María se desesperaba, comenzó a tener pensamientos cada vez más negativos. ¿Era la fama solitaria? ¿Qué le había costado su éxito? ¿Estar sola? Si era así, odiaba el triunfo. Recordó a su abuela, a su Rosa, a su William. Aquella batalla había durado demasiados años. Extrajo su saxo y comenzó a interpretar *Claro de luna* de Beethoven. Las notas tristes se colaban armoniosas en su congelado corazón. Ya no sentía la punzada de su pequeño alfiler, ya no repiqueteaba descontento. Todos aquellos años había pensado que el alfiler alojado en su corazón formaba parte del mal, de la tristeza, pero no era así. Aquel alfiler era una pequeña alarma salvadora. Avisaba puntual contra el helor, y si deseaba ganar en algún momento la batalla final a la que parecía destinada contra el Señor Frío, debía prestar especial atención a aquella punzada.

María guardó con cariño su saxo en el estuche. Regó por última vez sus girasoles. Se dirigió a la cocina y se tomó una caja entera de pastillas Domepalax. Un extraño helor se ancló en la punta de los dedos y se acostó con lentitud en su cama. La negrura comenzó a rodearla y, a pesar de encontrarse apretujada contra las sábanas recordando los cuentos de su abuela, sintió frío.

Su mejor novela, *El girasol congelado*, adquirió fama a nivel mundial, aunque ella ya no estaba para verlo…

William, fiel amante hasta el final, acudió al entierro. En la ceremonia se encontraba su antiguo editor, quien consternado, derramó lágrimas por su amiga. Ante la sorpresa de muchos también acudió Gregorio Santristán. Presentaba un aspecto muy demacrado. Después de las acostumbradas frases rituales, el cura cedió el turno de últimas palabras a William, este escogió la siguiente cita…

Un fragmento del epílogo de *El girasol congelado*, de María Snowier.

«… se levantó de su aparente muerte nocturna. Las manos de la antigua bruja volvían a acariciar con deleite las cuerdas del arpa. Las notas entretejían hechizos de nuevo, moldeando la tristeza de alrededor, transformándola en alegría y salvando a las buenas criaturas de su mundo del ataque despiadado de la frialdad. Miró en dirección a la ventana. El girasol congelado atesoraba todo el mal. Lo agarró con fuerza, se pinchó en el pecho con las puntas congeladas, sangró; observó por última vez su estancia, su cuerpo atravesó la cristalera lanzándose al vacío, deslizándose a través del valor del silencio, el cual acudió a ella por los servicios prestados años atrás. Mientras, en la lejanía, pudo escuchar el grito desgarrador del frío, colándose inútil por los resquicios de la habitación, que ya no contenía rastro alguno de tristeza. La bruja había ganado la partida, el girasol congelado ya no existía, y su mundo estaría a salvo».

Los vampiros sobre ruedas

«Este relato está basado en una experiencia real. Las fechas, localizaciones y nombres de personas han sido modificados»
S. Bonavida Ponce

La visita al lago Kinzig había sido espléndida. Un sol cálido les acompañó como un fiel amigo durante todo el día, el dulce trinar de los pájaros les acariciaba los oídos, y una mágica brisa se deslizaba entre las ramas de los árboles; eran los complementos ideales para aquel picnic perfecto, una postal de ensueño tal y como les había prometido su hostelero.

Al menos esa era la opinión de David Hurmann, un americano de treinta y cinco años. La cara de felicidad de su prometida, Nancy Whitecat, otra americana de treinta y tantos como él, parecía reflejar la misma opinión.

Alquilaron un Plymouth, un potente coche americano, bastante raro de encontrar por aquellos lares. A Nancy le entró la risa al recordar la aseveración de David sobre el vehículo. Según él, aquel Plymouth era el modelo Satellite de 1965, pero ella estaba casi segura que era el modelo de 1967. Los faros cuadrados dejaron de fabricarse a finales del 65 y los de su modelo eran redondos. Tenía que ser el modelo de 1967 de hacía dos años. En todo caso, no quiso discutir este tema con David, él era *oficialmente* el entendido en coches.

La región de la Selva Negra, al sur de Alemania, les estaba resultando de una belleza embriagadora. Sin embargo, esta zona también era traicionera para los turistas. El sol desaparecía muy rápido en las colinas, y la inexistente luminosidad del atardecer daba paso rápido a la oscuridad de la noche. David y Nancy ni siquiera sabían qué hora era cuando ya no había luz a su alrededor.

David repiqueteaba nervioso el dedo índice contra el volante. Era casi medianoche, la luna brillaba blanca y reluciente en medio de la bóveda celeste, no obstante, las estrellas aún no habían decidido realizar su aparición en el firmamento.

David volvió a mirar de reojo el mapa que llevaba Nancy desplegado encima de su falda.

—Joder, Lossburg solo debería estar a cinco kilómetros —farfulló David.

—¡Tranquilo, querido!

—Mierda, mierda y mierda. Debimos salir antes… cinco kilómetros no deberían costar tanto de recorrer. No me gusta conducir de noche.

Nancy agachó sumisa la cabeza. Revisó el mapa de nuevo y observó de reojo los faros del Plymouth. Estos iluminaban la pendiente de la mal asfaltada carretera de alta montaña. Los ojos reseguían el camino seguido e imaginaba aquella ruta en su cabeza. No estaba segura de haber aconsejado bien a David en el último desvío, pero prefería no arriesgarse a aumentar su creciente enfado.

—¡Lo que nos faltaba, joder!

Unos potentes faros les iluminaban desde detrás. La luz los envolvía, parecía un potente reflector de cine. El otro coche se acercaba cada vez más.

—No pienso correr. Joder, cabrón —murmuró David—. Adelántame, ostia.

David apretó el embrague, sostuvo con su mano derecha la palanca de cambios y cambió a segunda. La aguja del velocímetro bajó diez kilómetros.

Nancy giró la cabeza para atrás. Quería ver los detalles de aquel coche, pero los potentes faros la cegaban. Ni siquiera podía intuir cuántas personas ocupaban el vehículo. La fuerte luminosidad solo le permitía ver siluetas oscuras sobre fondo negro en el otro automóvil. De repente, un destello cegador, la deslumbró. Su instinto interpuso la mano derecha delante de los ojos.

—Cabrones, han puesto las luces largas, han puesto las luces largas. No veo una mierda por el retrovisor. —La voz de David salió temblorosa de su garganta.

—Acelera querido, deberías acelerar, ¿verdad? ¿Quizá deberías correr un poco más…?

—No pienso correr más. No conozco esta maldita carretera de montaña. Es de noche. ¡Qué corra su madre, se van a joder!

David apretó con fuerza el embrague y volvió a disminuir la velocidad. La aguja roja osciló unos breves segundos y al instante descendió.

—Estos cabrones alemanes van como locos.

—¡Eres tú que vas muy lento, querido!

—¿Irías tú más rápido? ¿Qué apenas sabes conducir por Queens a más de cuarenta?

—No hace falta que me chilles, *pisahuevos*.

—Eres una histérica, querida.

—Y tú eres más lento que una tortuga. *¡Pisahuevos!*

—Ahora eres tú la que me está chillando. ¡Qué cabrones! Ya podrían pegarse al culo de una vaca y no venir a tocarnos los cojones. Maldici…

La aguja del velocímetro marcaba veinte kilómetros por hora, a menos velocidad el motor del Plymouth se calaría. El otro vehículo comenzó a alternar las luces largas con las luces cortas.

Luces largas…

Luces cortas…

—¡Están locos estos alemanes!

Luces largas…

Luces cortas…

Luces largas…

Luces cortas…

Y de repente, la oscuridad. El otro vehículo apagó todas sus luces.

—David —Apenas susurró Nancy con voz queda—, tengo miedo.

Los ojos de David se posaron fijamente en el retrovisor. No se vislumbraba nada. Ni siquiera podía adivinar si aún seguía detrás el otro vehículo. No se veía nada. Y de repente, otra vez, el otro vehículo puso…

Luces largas…

Sin previo aviso, David se desvió al arcén y frenó, aunque no paró el motor. El otro vehículo les adelantó por el lado izquierdo. Ahora David y Nancy pudieron fijarse en el interior. Las siluetas pertenecían a dos hombres. El copiloto poseía menos corpulencia que el hombre que conducía. Cuando el otro vehículo llevaba un par de metros recorridos, paró en seco.

—¿Qué están haciendo, querido? ¿Por qué paran? ¿Qué hacen? ¿Qué hacen?

Nancy aferraba fuertemente el mapa contra su pecho. Estaba tan asustada que ni siquiera fijaba su vista en la silueta del otro vehículo para intentar adivinar el modelo o la marca.

La puerta del piloto se abrió con lentitud.

—¿Qué cojones…?

El piloto del otro vehículo salió del coche. La luna iluminaba su silueta proyectándola desdibujada contra el fondo negro de árboles. Comenzó a caminar en dirección a la puerta de David. Este ojeó los seguros de su propio vehículo. Estaban bajados. El coche estaba bien cerrado.

—Tengo miedo.

—Calla.

El piloto del otro vehículo estaba ahora a la altura de la puerta del Plymouth. Los ojos de Nancy y David se fijaron hipnóticamente en la cara de aquella persona. Una cara inexpresiva. De faz blanca y pelo corto. Su aspecto físico no delataba más de treinta años. Las sombras de la noche jugaban malas pasadas y a Nancy le pareció a adivinar una barbilla.

—¿Qué quieres? —chilló David— Ya me has adelantado.

Pero su voz se quebró al pronunciar la frase. Era muy difícil asegurar que el otro hubiera podido escuchar su amonestación a través del cristal. Entonces, el hombre de pie, sin ninguna clase de empatía en el rostro, intentó abrir la puerta de David.

—¿Qué…?

David se puso nervioso. Intentó arrancar, pero el motor se caló. Mientras, el piloto del otro vehículo seguía en actitud serena, recto delante de la puerta del Plymouth, asiendo con suma tranquilidad la maneta y forcejeando con ella a intervalos regulares. Acercaba su mano, apretaba el manillar y tiraba de él sin éxito. Los seguros del Plymouth impedían que las puertas se abriesen. Toda la operación se repetía al cabo de unos segundos. El hombre acercaba la mano al manillar, tiraba, no se abría y esperaba un breve lapso.

Después de unos interminables segundos de bucle repetitivo, David salió de su asombro. Apretó el embrague y puso la marcha atrás. El coche retrocedió a trompicones.

—¡Qué le jodan si lo atropello! —pronunció David, sin convicción en su voz. Sus palabras temblaron. Aquella situación no era normal. Realizó un repaso mental de toda su vida. Jamás le había sucedido una cosa similar. ¿Le estaban intentado abrir el coche en sus propias narices con él dentro? Era una locura. Pero lo peor era aquel personaje. En el rostro pálido del hombre que tenía en frente no se mostraba ninguna clase de emoción. Ninguna clase de empatía. No mostraba enfado, ni desilusión, ni tristeza, ni cólera. Nada. Solo, la nada absoluta. Parecía un rostro de una estatua tallado en piedra. Los ojos fríos como la misma noche los observaban con fijeza. Y aquella mano intentaba abrir la puerta con la precisión de un autómata.

El Plymouth recorrió un par de metros marcha atrás. Una gota de sudor bajaba por la sien de David. La atenta mirada del conductor del otro vehículo reseguía el lento movimiento de la pareja dentro del Plymouth. El desconocido tan solo giró su cuello para poder seguir mejor aquel descalabrado recorrido. El cuerpo rígido en medio del asfalto no se movía un ápice.

Un segundo después, el conductor desconocido dio media vuelta. Se dirigió hacía su coche, abrió la puerta del vehículo y se introdujo en él. Sin prisa, cerró con suavidad la puerta y arrancó el motor. En aquel momento, Nancy pudo fijarse en la silueta del copiloto, no se había movido del asiento donde estaba y ahora reunidos de nuevo, no daban señales de hablar entre ellos, únicamente miraban adelante. Una pequeña nube de gas brotó del tubo de escape. El vehículo arrancó sin más percances y, tan fugaz como había aparecido, desapareció carretera arriba.

David tuvo el tiempo justo para memorizar la matrícula.

*
**

—¿No tienen intérprete? ¿No *hablar* inglés?

Nancy y David se hallaban en una comisaría de policía. David era proclive a presentar una denuncia, Nancy sin embargo quería dejar pasar toda aquella situación. Al final, ganó la insistente propuesta de David.

El traductor llegó al cabo de dos horas. La Selva Negra es un rincón apartado de Alemania, un conglomerado de pequeños pueblos montañeros, de difícil acceso. David explicó toda su versión de la noche anterior al traductor, quien tomaba nota en una libreta que llevaba consigo. Cuando estaba a punto de acabar la historia extrajo con porte triunfal un número de matrícula y se lo entregó al traductor. Después, se tomó declaración a Nancy, aunque su relato fue mucho más escueto que el de su compañero. Cuando el traductor acabó, los abandonó en la sala y quedaron esperando una hora. Finalmente, un guardia les hizo entrar en el despacho del comisario. El jefe de policía era un hombre grande, un pelirrojo de pelo corto y de bigote fino. Lucía una camisa marrón con la insignia de la policía alemana en el hombro derecho. Les invitó a sentarse delante de su escritorio con un gesto cordial. El intérprete estaba de pie a su lado.

—El jefe de policía está intrigado en saber dónde obtuvieron esta matrícula.

—¿Acaso no le ha traducido la historia?

—Así es, Mr. Hurmann. Pero insiste en que corroboren su versión delante de él.

—¿Pues de dónde va a ser? —El jefe de policía prestaba especial atención a los gestos y a las irreconocibles palabras de David—. Del vehículo que nos acosó ayer por la noche.

El traductor se giró hacia Nancy.

—¿Lo corrobora así usted?

Nancy se encogió de hombros.

—Estaba muy asustada señor. No me fijé en la matrícula.

—¿Pero corrobora la historia de Mr. Hurmann?

—Sí… —dudó unos segundos—… claro que sí, así sucedió, señor.

El traductor se giró. El jefe de policía deslizó una carpeta marrón por encima de la mesa, acercándosela de esa manera al traductor.

—Por una parte, tenemos su versión, y en esta carpeta tenemos una historia donde aparece esa matrícula. Quizás si la señora quisiera salir un momento de la sala, podríamos hablar sobre este tema con Mr. Hurmann.

—La señora tiene nombre —replicó enfadado David.

—Si no les importa —carraspeó con voz conciliadora Nancy—, me quedaré con mi prometido a escuchar lo que tengan que decir.

El traductor se encogió de hombros. A continuación abrió la carpeta y sacó dos fotografías en blanco y negro de dos hombres y se las enseñó a la pareja.

—¡Ajá! Ese es el conductor —dijo David, quien señaló con su dedo índice una de las fotografías—. El que nos intentó abrir la puerta.

Nancy solo miró la fotografía y asintió.

El traductor estaba estupefacto. Sin decir ninguna palabra más, sacó otra fotografía de la carpeta. La siguiente fotografía mostraba un gran coche negro de grandes faros.

—Las dos fotografías se corresponden con Markus Gotfried y Jenfel Stratd. Ambos eran taxidermistas, pero su especialidad pronto se convirtió en un negocio más tétrico. Mataban a personas en la carretera y vendían sus órganos. Disecaban los cuerpos y los almacenaban en el sótano de su casa. También se acostumbraron a beber la sangre de sus víctimas y la guardaban en refrigeradores.

David y Nancy estaban atónitos. David fue el primero en recuperar el aplomo.

—Joder —bramó David—. Pues hemos tenido una jodida suerte.

—Han tenido algo más que suerte —sentenció el intérprete, mientras el jefe de policía, silencioso, les continuaba escrutando con la mirada.

—¿Qué quiere decir exactamente, señor? —se forzó a sonreír Nancy.

—Hace cuatro años, la policía recibió una llamada de auxilio. Acudieron a casa de Markus y Jenfel. Allí encontraron todos aquellos cadáveres disecados. Al parecer ambos estaban por la zona y divisaron a lo lejos a la policía. Cogieron su coche negro y decidieron escapar. Sin embargo, el ruido del vehículo alertó a los policías y se produjo una persecución. Los asesinos huyeron a toda velocidad con su coche por una zona de alta montaña repleta de precipicios. Conducían con tanta velocidad que en una curva salieron despedidos hacía el abismo. La altura era considerable, unos ochocientos metros de caída libre en dirección a la nada. Por desgracia, aunque se realizaron varios intentos de recuperación, nunca se encontró rastro alguno del vehículo —el traductor carraspeó—, y mucho menos ninguna pista de los dos cuerpos. Nunca se había encontrado rastro alguno de Markus y Jenfel. Bueno… no hasta hoy.

«93% imaginación, 7% realidad»

Frederick

«Los mineros tenían, hasta bien entrado el siglo XX, una técnica infalible para protegerse en las profundidades de la roca: los canarios. La pequeña ave, más sensible que el hombre a la falta de oxígeno y a los gases tóxicos, moriría primero que éste si en las minas hubiese gases venenosos o demasiado monóxido de carbono»
Diana Wang

Ayer mi cena fue una rata. Sus vísceras esparcidas por la calle, desprendían el olor rancio del paso de los días, el hedor no me animaba a lanzar ningún lametazo contra aquella piel putrefacta. Después del primer mordisco recordé las fabulosas comidas de Frau Berta, mi tripita rugió agobiada por el acuciante vacío en mi estómago, ¿cuántas lunas llevaba sin comer?

Ahora me encuentro delante del zaguán de una casa. ¿Será la mía? Es de noche y hace frío. Sigo teniendo mucha hambre. Acerco con cuidado mi hocico al suelo. Olisqueo. Las piedras del camino empedrado poseen un olor parecido al de mi hogar, pero estoy mareado, no acabo de encajar este olor con el de mi casa. ¿Quizá me esté confundiendo?

Días atrás, confundí otro edificio humano con mi hogar, al poco tuve que huir, una humana gorda me intentó golpear con una gigantesca escoba.

Al fin. ¿Será esta la casa de Frau Berta? ¿Cuánto tiempo habré estado fuera? Me lamo los bigotes con el dorso de mi pata en un intento de reactivar mi olfato. Mis ojitos rasgados se fijan en mil detalles. Husmeo el aire. Sin querer, la espalda se me arquea y el rabo se me eriza, el olor de las piedras húmedas me recuerda a un lugar cercano. La suave brisa de esta noche no trae chillidos, no hay sonidos desgarradores surcando el aire, no hay gritos, no hay antorchas, no hay pasos apresurados. Sobre todo, no hay ruidos de cristales rotos.

La noche de la huida me asusté mucho, después me desorienté. En estos días pasados tuve que huir de muchos peligros: perros feroces, humanos pardos, horribles crías humanas. No recuerdo a los integrantes de esa especie tan malvados, pero estos días, los que vestían de pardo con brazaletes rojos, se mostraban crueles. Igual que aquellos que vinieron a casa de Frau Berta. La noche de la huida. Del gran terror.

Enderezo la espalda. El rabito aún tarda un ratito en tranquilizarse. Un líquido rojo rezuma por entre mis uñas. Me lamo la patita izquierda, el acto alivia un poquito el dolor, aunque no me gusta el sabor salado, este líquido rojo no es bueno. Recuerdo el sabor, como en aquella ocasión que me caí del tejado, hacía daño, y el líquido rojo salía de mi cuerpo sin parar...

⛪ .. α .. ⛪

Me dolía todo el cuerpo. Veía borroso. Las fuertes manos de Frau Berta me abrazaron. Me recogió con cariño del suelo, me puso con dulzura en una cesta y anduvimos por la calle. Llegamos a casa de un humano de bata blanca. El humano me palpó la pierna, la barriga, la espalda. Sacó de un armario algo parecido a una aguja, y con ella me pinchó en una patita, sentí un pequeño dolor y un líquido en mi interior. Bufé, asustado, pero me agarró de la nuca con decisión, como mi madre. Acto seguido me puso una tira blanca en la pata y me dejó tranquilo. Estaba tan asustado que me quedé quieto. Después de eso me depositó con suavidad en la cesta. Frau Berta siguió conversando con él, yo me acurruqué en la cesta, y comencé a dejar de sentir dolor. Frau Berta acercó su enorme cara y sonrió, me acarició detrás de las orejas, como a mí me encantaba, y volvimos a casa. Odiaba aquella cinta blanca que rodeaba mi pata. Era molesta. Me lamía con fuerza, pero no cedía. Con mis colmillos intentaba arrancármela, pero estaba adherida a mi pelo. Además, cuando Frau Berta me veía hacer aquello, chillaba de una manera tan horrible que hasta los espíritus que habitan en las sombras se alejaban. Así que dejé de intentar arrancarme aquel molesto hilo blanco, al menos cuando ella andaba cerca. En casa todos nos quedábamos quietos, sin hacer nada, cuando Frau Berta chillaba. Incluso, como ya dije, los espíritus callaban…

ᛘ .. α .. ᛘ

Me acerco con sigilo a la puerta de entrada. Posee un poderoso olor a nogal y justo a mi altura se abre una pequeña trampilla. La medida justa para que los seres de mi especie puedan entrar al interior. El marco de entrada está repleto de pequeños pelos grises. Los huelo con esmero. Es mi olor. Es mi olor. Estoy en casa. Empujo la trampilla con la cabeza, pero ofrece resistencia. Empujo de nuevo, con más fuerza, se produce un ruido en el interior y la trampilla se abre. Entro en casa. Intento lanzar un pequeño maullido, pero la voz no acude a mi garganta. ¿Dónde estarán todos? Los ojitos me arden. Estos días han sido malos. Mi oreja izquierda percibe un sonido. Arqueo el cuerpo. ¿Más humanos pardos? No, es una asquerosa rata, pelaje marronáceo, pestilente, gorda. Apenas tengo fuerzas. La rata huye por la aprendida costumbre, pero estoy tan débil que podría atacarme y no podría ni defenderme. He visto muchas ratas pardas estos días. Lanzo un nuevo maullido, pero sigo sin obtener respuesta.

ᛘ .. α .. ᛘ

Cuando maullaba, Franz, el pequeño humano de la casa, bajaba corriendo las escaleras del segundo piso. Me fundía en su pecho con un fuerte abrazo, en ocasiones con demasiada fuerza, pero incluso cuando el achuchón dolía un poquito, yo le dejaba hacer. Me encantaba su tierno calor, su particular olor a cría humana en desarrollo. Hubiera estado eternamente entre aquellos bracitos tan cálidos que regalaban tantas caricias.

⋔ .. α .. ⋔

Ahora, a pesar de mis esfuerzos por recibir una respuesta, no hay nadie en casa que acuda ante mis maullidos.

La noche de mi huida entraron a casa hombres pardos. Uno de ellos subió con un garrote a las habitaciones superiores, entonces Franz salió asustado de su habitación. El humano pardo también se asustó al ver a Franz, aquel garrote cruzó fugaz ante mi e impactó en la sien del pequeño. El cuerpo de mi pequeño Franz rebotó contra la pared y cayó rodando por las escaleras. Bufé desesperado en dirección al humano pardo, enseñé mis dientes, me lancé con mis uñas desplegadas a la pierna de aquel ser maligno. Las sombras de la casa ululaban repletas de un antiguo temor. No les hice caso, y hundí con todas mis fuerzas los colmillos en la pierna del humano pardo. El maldito aulló de dolor, retorció la pierna intentando zafarse de mi mordida, me sacudió contra la pared y del fuerte golpe me solté. Levantó su garrote en mi dirección, me aparté con un felino salto, el maldito artefacto se estrelló contra el suelo, saltaron algunas pequeñas astillas. Olí la destrucción del suelo de nogal, los pequeños trozos de madera flotando delante de mi hocico. Me moví rápido, ágil como en las luchas callejeras, mientras le mostraba mis colmillos a aquel terrible humano pardo. El cuerpo inmóvil de Franz permanecía de medio lado en el suelo, los ojos observaban sin expresión alguna a la pared. Un líquido rojo surgía de su oreja y este se esparcía por la alfombra de la primera planta. Vati, el macho fuerte del hogar, salió de otra habitación. Pronunció algunos sonidos entrecortados, parecía asustado, algo impropio de él. Se escucharon más chillidos en el ininteligible lenguaje de los humanos, y más simiescos pardos acudieron desde la planta baja. Estos comenzaron a golpear con sus garrotes el cuerpo de Vati. Mi dueño se encogía en el suelo. Los humanos pardos de brazaletes rojos seguían golpeándolo cuando Frau Berta salió chillando de la habitación. La empujaron con violencia y cayó. Ahora ambos,

Vati y Frau Berta, abrazados en el suelo, lloraban desconsolados. Algunos de aquellos humanos pardos portaban palos de fuego. ¡El horror! Enloquecí. Yo quería salvar a Vati, a Frau Berta, al pequeño Franz, pero dos humanos pardos me acorralaron en la habitación del pequeño Franz. Reían mientras retrocedía sin perderlos de vista. Solo podía oler el aire liberador que se colaba por la ventana a mi espalda. El crepitar enloquecedor del odioso fuego acercándose, las risas simiescas marcadas en los rostros de aquellas bestias delante de mí, los palos de fuego cargados de muerte, ardiendo, riendo; los espíritus de la casa ululaban entre las sombras. Vi, a través de las botas negras de los humanos pardos, a Vati y Frau Berta, abrazados en el suelo. Seguían llorando, acurrucados el uno contra el otro, en el pasadizo. Crucé la vista con Frau Berta. Sus ojos emanaban lágrimas. El agua salada no paraba de brotar de aquellos ojos azules. Bufé con desesperación a los dos humanos pardos, los cuales continuaban acercándose con aquellas sonrisas malignas dibujadas en sus rostros. Seguían riendo mientras les mostraba mis colmillos. No les asustaban mis armas, ni mis colmillos, ni mis garras. Los espíritus ululaban una antigua canción: Titanes del odio. ¡El fuego se acercaba! ¡El olor a muerte! ¡Los espíritus de las sombras ululaban desquiciados! Salté describiendo un gran arco, un maullido aterrador escapó de mi garganta, arqueé mi cuerpo, giré en el aire, mis patitas amortiguaron el golpe. Pero al caer, me clavé un cristal en la patita izquierda, dolía. La imagen del fuego me perseguía, aún podía oler el fuego. Huí de casa asustado, enloquecido y desubicado...

Lanzo otro débil maullido al vacío. Ningún ser querido sale de ninguna habitación. No hay nadie en casa. Frau Berta, Vati, Franz, el olor de la vivienda trae tan solo efluvios de desgracia. No escucho a los espíritus de la casa. ¿Se han ido o están mudos? Llevo toda mi vida escuchando sus lastimosos lamentos. Hoy por primera vez extraño sus quejidos. Paseo por la primera planta, papeles quemados se pegan a mis mullidas patitas y algunas maderas resquebrajadas en el suelo amenazan con clavarse entre mis uñas. Efluvios ácidos atacan mi olfato. Provienen de extraños signos dibujados en rojo en las paredes. Un símbolo, una cruz con los extremos rotos, se repite en las pintadas de las paredes. Huele a sucio. Reconozco el olor de Vati, Frau Berta y del pequeño Franz, pero es un olor lejano, se desvanece a medida que avanzo por la casa. Observo las escaleras. Me paro delante de ellas. Estoy jadeando. Me mareo. Inspiro. Me lamo el costado, siento las extrañas ondulaciones de dentro de mi cuerpo. Antes estaba más gordo, nunca había notado las ondulaciones en mis costados. Entro en la habitación del pequeño Franz.

⋔ .. α .. ⋔

Por las noches me sentaba a los pies de la mullida cama de Franz. Entonces se iniciaba el rito nocturno de los humanos: Vati se acercaba a un armario, agarraba uno de esos objetos rectangulares que huelen a tinta, se sentaba en una mecedora y, sin apartar la mirada de aquel objeto, murmuraba palabras en lenguaje humano. Vati fijaba su mirada en aquel objeto, mientras entonaba palabras en apenas un murmullo. Aquel tono sosegado invocaba el sueño, quien acudía presto, y entonces el pequeño Franz se dormía. En aquellos instantes, me enroscaba con deleite entre las pequeñas piernas, y Vati cerraba el objeto rectangular. Se acercaba en dirección a la cama, me acariciaba con su mano arrugada detrás de la cabeza y el tierno gesto encendía el agradecimiento de mi ronroneo. Después besaba en la frente al pequeño Franz. Finalmente, se dirigía a la puerta, presionaba con un dedo el interruptor y la luz de la habitación se apagaba, quedando arropados por la oscuridad. Entonces, yo también dormía.

⋔ .. α .. ⋔

Ahora, después de este tiempo que no es tiempo, me encuentro en la misma habitación. Ya no hay pequeños objetos cuadrados en las estanterías. Un fuerte olor a quemado recorre la habitación del pequeño Franz. En una esquina veo el plato de comida.

Cada mañana, Frau Berta me depositaba exquisitas bolas de carne, suculentas hamburguesas, o estupendos huesos. Me chillaba un sonido ininteligible en su lenguaje, pero cuando reconocía en aquella inflexión mi nombre, acudía presto a comer.

Mis patitas me guían por instinto a la esquina de la comida, con lentitud me acerco al plato vacío. El olor a quemado es tan poderoso que impregan toda la casa. Los espíritus de las sombras están muertos, no aparecen, no ululan. Lamo con mi áspera lengua el fondo del plato, aún sabe a salado, me reconforta la memoria. Todavía posee aquel sabor de los manjares de Frau Berta. Me dirijo a la cama del pequeño Franz. Huele a él, pero como en el resto de la casa, el olor se desvanece. Acerco mi naricita a la destrozada cama, mis bigotes rozan la mullida manta, donde tantas veces dormimos juntos. Está esparcida, hecha jirones, por todo el suelo. Sin embargo, una gran parte reposa todavía en una esquina. La patita izquierda me duele mucho. Descansar estaría tan bien. La tripita ruge, siento un leve mareo. Con las patitas delanteras empujo el jirón roto de la manta, preparo cierta comodidad en medio de esta destrucción, mientras mi espalda se tensa como antaño. Me enrosco con tranquilidad en el mullido jirón que cubre mi cuerpo, este conserva el olor de las fuertes manos de Frau Berta, el olor del amable macho Vati, y el sudor salado del pequeño Franz. Están aquí. De una forma que solo yo percibo, están aquí, conmigo. Me enrosco en mi propio cuerpo, sitúo mi cola entre mis bigotes. Veo borroso. Descansaré un ratito en el jirón de la manta familiar. Y cuando duerma, esta noche, ya no volveré a escuchar los ruidos de cristales rotos.

Dormiré solo un rato.
Un pequeño rato…

Una mujer inaccesible

Era una mujer excepcionalmente hermosa, ojos color café claro y una melena morena lisa resplandeciente, tanto que tuve que resistir el impulso de acariciarle el cabello nada más conocerla; y su sonrisa, qué sonrisa, desprendía una simpatía natural, conciliadora. Era además inteligente, como atesoraba su doctorado en la universidad de Oxford, pero más allá de aquel trozo de papel con garabatos de reconocimiento, poseía un entendimiento profundo de las personas, la clase de empatía que solo poseen algunos seres. Por si todos estos atributos pudieran ser una simple carta de presentación de todas sus buenas virtudes, mostraba una bondad sublime, un atributo caro de encontrar en cualquier época. El broche final, solo indicado para los materialistas, el cual no era mi caso, venía labrado con una excelente herencia familiar, pues nació en un buen entorno, de buena cuna, con mejor educación, y tantas cosas buenas, que decir que era perfecta, quedaba corto.

Recuerdo la primera vez que vi aquellos ojos color café de Martha. Así se llamaba. Entró tímida a la gran sala, con la cabeza ligeramente inclinada en dirección al suelo, aunque pronto la irguió. Estoy seguro que todos los hombres, incluso los casados, suspiraron en secreto por aquel rostro. El Jefe, el señor Martínez, nos la presentó uno por uno a todos los presentes en la sala, era como un maestro de escuela que presentaba un nuevo alumno a mitad de curso.

Era extraña la incorporación de alguien a la oficina de aquella aburrida empresa de administración. Una nueva contratación era un evento comparado al día inaugural en un festival de cine. Nuestra sede, muy pequeña, contaba con catorce empleados, entre los que yo me contaba. Dos mujeres y el resto hombres. Aquel día, las dos únicas mujeres de la sala pusieron semblantes de cuervo, los hombres rostros de lobo manso, después ellos escondieron sus respectivas barrigas y a continuación mostraron sus mejores sonrisas. Las dos mujeres, más reservadas, fueron las últimas en estrechar la mano a la recién llegada. ¡Qué simples! Aunque si me paro a pensar, yo también formaba parte de aquel rebaño de cuervos y lobos, sedientos de una presa tan suculenta.

Observé a Mónica y a Silvia, el paso del tiempo en la oficina me había ayudado a reconocer, en los rostros de las dos mujeres, los sentimientos internos de mis compañeras, en aquel momento una envidia ciega recorría secreta sus entrañas, pero no eran maliciosas por elección, sino por ese desgastado instinto de supervivencia. Estuvieron criticando a la nueva adquisición durante semanas. Hasta que el dulce paso del tiempo medró las asperezas del instinto y acogieron a su adversaria entre sus filas. Al final la aceptaron, una más, pues el binomio buscaba ser tríada.

Pasadas las primeras semanas, la rutina volvió entre nosotros como una vieja compañera que regresa de sus vacaciones, nadie la echaba en falta y, a pesar de ello, volvió a instalarse en nuestras vidas, aburrida, parsimoniosa, como una cansina pieza de piano la cual cada mañana repite el mismo *leitmotiv* en un bucle infinito de hastío.

Paulo, el aceitunado argentino, saludaba a Martha cada mañana con un complicado piropo en rima, algo imposible de pronunciar con naturalidad para cualquier otro hombre de la oficina.

Aunque no fueron menos las intentonas del atlético Andrés a la hora del café, trabajador por necesidad y culturista por decisión propia.

Y lo mismo sucedió con Mr. Brown, un inglés de origen peruano. No creí nunca ver en un británico un talante tan dado al escarceo, quizás en su caso, se manifestaron más los genes latinos.

O el procaz Juan, al que detuvieron un par de compañeros en la típica pelea verbal entre machos, o batalla de gallos quizás sería el término más adecuado. En una ocasión traspasó la delgada línea de lo correcto, y allí estuvieron los más valientes defensores de la bella Martha, aguerridos caballeros de su honor, quienes detuvieron sus maneras soeces.

Los demás empleados, ya fuera por timidez, compromisos extraprofesionales o simple seriedad laboral, se abstuvieron de dirigir la palabra -yo entre ellos- a aquella bella mujer con nada que no estuviera relacionado estrictamente con el trabajo.

En mi fuero interno, yo la idolatraba, y creo que le sucedía otro tanto al compañero sentado a mi lado. De hecho, podía afirmar, que ambos sabíamos con un conocimiento recíproco, que el otro sentado a nuestro lado también suspiraba por ella, pero esto son cosas que los trabajadores no hablan entre ellos. Martha reunía tantas buenas cualidades en un solo ser, que no era de extrañar el embelesamiento que nos proporcionaban aquellas interminables horas en la empresa. «No puede existir una mujer como ella», me repetía algunas noches en la soledad de mi alcoba, mientras me tocaba pensando en ella, y, al cabo de un rato, cuando detenía la creciente angustia con el estertor de mis toqueteos, me sentía culpable por manchar su recuerdo. También intuía que otros debían manchar su recuerdo cada noche, pues ningún hombre con dos ojos en la cara podía menos que desearla. Una mujer inaccesible para todos.

Podría definir mi perfil como el de un ser atolondrado, un hombre tímido, capaz, pero mediocre y por desgracia encabezaba la triste cola de los empleados menos atractivos. Por suerte, mantenía un físico delgado, y una mente muy activa. Mis compañeras decían que poseía una sonrisa encantadora, tierna como la de un bebé, algo que parecía indicar en el rostro de ellas algo más que un simple deseo maternal. Tampoco sé, si Mónica y Silvia lo comentaban en serio o solo se burlaban de mí, reconozco que en ocasiones me era imposible discernir la intencionalidad en aquellas risas.

Y, sin embargo, un buen día, el anhelo secreto en mi corazón, sucedió.

El mágico hilo llamado destino que nos conecta a los unos con los otros, quiso que Martha y yo coincidiéramos en el cine que solía frecuentar. Ella también iba sola. Uno llega a una edad en la que prescinde de acompañantes para ciertos eventos considerados como sociales.

Sentados en nuestras respectivas butacas nos reconocimos a lo lejos e intercambiamos algunos saludos cómplices, pero fue ella la que dio el primer paso y vino a sentarse a mi lado. Durante la película yo no podía dejar de observar con disimulo aquellas piernas esbeltas, cubiertas con unas bonitas medias que se perdían en la oscuridad del fondo de la butaca. Al acabar la cinta, no quisimos dejar en el limbo cinéfilo las muchas ambigüedades de aquel guion tan extraño. Una trama compleja unió más corazones a lo largo de los años, que todas las flechas de cupido juntas. Ambos consideramos justo que las vicisitudes de aquel *film* debían merecer un análisis más profundo, nada como la tranquilidad ofrecida por un buen asiento al amparo de una agradable cafetería. Comenzamos a hablar. Mi fascinación por la película quedaba empequeñecida por la presencia de Martha enfrente de mí. El humo de mi taza se evaporaba en el aire, y la tenue neblina surgida del fondo de mi vaso se fundía con aquellos ojos color café.

Mi suerte mejoró sustancialmente, nos citamos para una siguiente película. Yo aún no lo creía. No sabía cómo había podido dar aquel pequeño gran paso. Armstrong, a mi lado, enrojecería ante su pueril hazaña lunar. Volvimos a quedar. Otra tarde de maravilloso cine. Y así, sin más, brotó la magia. Nos besamos. Aunque si tengo que ser sincero, la besé y ella se dejó besar. Años más tarde, descubrí que una mujer que se deja besar no quiere nada de ti, pero yo en aquel entonces aún no lo sabía.

Mi bello sueño duró apenas diez meses. Me abandonó igual que las hojas caen de los árboles en otoño. También abandonó la empresa. En aquellos días todo sucedió muy rápido, algo a lo que no estaba acostumbrado el rutinario personal de aquella simple oficina de administración. Una fría despedida y la amargura de mis recuerdos se reconvirtieron en pesadillas recurrentes en mis sueños.

Por suerte, nadie en la oficina se había enterado de nuestra breve relación. Durante el tiempo que duró nuestro efímero amor, hube de soportar muchos piropos de oficina, suspiros al aire y algunas frases fuera de tono. Por suerte, aquel afortunado mutismo me reportó el no soportar posteriores miradas lastimeras de las compañeras, ni el fingido orgullo herido de los compañeros. También tuve la suerte de escabullirme de la rancia tonadilla de «era demasiada mujer para ti». Las cosas buenas nos suceden así en la vida, como en un soplo de aire, en un momento está, y al siguiente ha desaparecido.

Una idea absorbió mis pensamientos por completo, entrando en un frenético bucle perpetuo: «¿Por qué me dejó?»

Parecía que me fuera la vida en encontrar la respuesta a aquella pregunta: «¿Fue tal vez alguna discusión?»

Un ágil repaso mental no encontró ningún motivo de rechazo, ni altercado grave, ni el más mínimo detalle al respecto. No podía ser eso.

«¿Algo sexual, quizás?»

Pero a menos que me estuviera mintiendo a mí mismo, y ella fuera una consumada actriz, quiero creer que nos lo pasábamos bien en nuestras particulares intimidades de alcoba.

«¿Había otro?»

La eterna pregunta que me rondaba cuando fallaba todo lo demás. Sin embargo, no observé a ningún pretendiente en el propio trabajo, ni nadie que la esperase. ¡Quién sabía!

Pasaron las semanas, y su recuerdo me tenía por completo absorbido. El porqué de su huida continuaba taladrándome sin piedad, como el gusano que aguijonea la manzana y la va pudriendo por dentro, así me sentía yo en aquel tiempo.

«¿Por qué? ¿Por qué? ¿Por qué?»

Un día decidí regresar al cine en el que habíamos compartido tantos sueños de celuloide. Yo con una única compañía, intentando disfrutar con mi fiel acompañante, que siempre volvía a mi lado. Allí estabamos yo y *Soledad*. Una película en blanco y negro, no prestaba mucha atención a la trama, divagaba en la pregunta que me rondaba aquellos días por mi cabeza. Y entonces, la película, próxima a su fin, dio paso a un monólogo de uno de los dos protagonistas principales, un viejo enfundado en una bata rancia, hablándole a un joven cabizbajo en una habitación destartalada del París de finales de siglo. El cine estaba a punto de darme una triste respuesta...

«Amigo Charles, esa mujer era un tesoro demasiado caro para ti. No querías verlo, es normal, los hombres somos ambiciosos por naturaleza. No, no me mires enfurruñado. Y muchos menos muestres esa cara de enfado a tu viejo profesor, soy amigo tuyo desde hace tiempo. ¿Qué te quieres ir? Vete, pero antes de que te vayas, déjame terminar. No digo que no estuvieras a su altura en cuanto a intelecto. No es eso. Además, ella poseía la suficiente inteligencia para saber que la belleza se marchita con el pasar de los años. No te desterró de su lado por inteligencia, ni por belleza. El final a tu desgraciada situación estribaba en la clase social. Ese material intangible y a la vez tan valioso que no se puede adquirir con ningún don humano. Ella tendió un puente para atravesar hasta tu pobre lado del rio. Compréndela, un ave de su linaje no podía permanecer en esta lejana orilla, debía alejarse, volar tan alto como sus alas pudieran impulsarla. Piénsalo bien, tú eres un pobre procurador que apenas puede costearse un piso en Saint Denis, imagina encerrar a tan bello animal en este lóbrego rincón del mundo. Ya sé que te duelen mis palabras, viejo amigo, pero por favor, no marches airado de mi lado. Tú eres mejor de lo que tú mismo crees, supera la amargura que te corroe, que te arrastra a la asquerosa ciénaga de los recuerdos sin nombre y marcha libre. No acabes como yo, viejo amigo».

La película acabó con el joven enfrente de la puerta. Quieta su mano a escasos centímetros del pomo, con el rostro encendido por el calor. En el último instante, antes del final, giró su cuerpo, con rostro ya relajado, y se quedó mirando a su viejo profesor. Por un instante la cámara desdibujó la escena entre la puerta y el viejo profesor. El enfoque centró la visión en la ventana, situada en medio de la estancia, con las luces de la torre Eiffel iluminando la noche. Un lento fundido a negro finalizaba la película con música de piano.

No hubo aplausos. Ya nadie aplaudía en el cine. Recapitulé la escena. En el fondo deseaba que Martha se hubiera escapado con algún otro, era preferible hacerse a la idea de un idilio, que no el destierro por alguna clase de fuerza superior desconocida. La idea de otro hombre rondándola era más terrenal, un concepto físico que se podía odiar, atrapar, mutilar, matar, ponerle un rostro y desquitarse con él, pero una idea… Las ideas estaban por encima de nosotros, pululando en nuestros quehaceres diarios, revoloteando; secretos dioses instalados en nuestro entorno. No, las ideas no se podían matar, ni exterminar, y lo peor es que se volvían en contra nuestra, matándonos con lentitud.

No podía concebir aquella idea de la lucha contra la maldita insustancialidad de la clase social, simplemente no podía luchar contra ella.

Recordé por mucho tiempo -hasta que mi corazón se atemperó y llegaron épocas más cálidas- el título de aquella cinta: «Una mujer inaccesible».

La calientapollos

Hay un oficio mal visto entre los habitantes del planeta Fango…

José Carlos observa encandilado una lejana construcción, un pequeño puesto de ladrillos mal construido, apenas tres paredes con un techo. La precariedad estructural es evidente para cualquier observador. La pared frontal inexistente es el portal de acceso a la tiendita. Anexa a la construcción, una chimenea, siempre humeante, exhala los vapores del duro trabajo. En su interior una afanosa chica va rápida de un lado a otro. Cara bonita, piel morena, camiseta de manga corta, en su piel caen gotas de sudor que se cuelan por el escote. José no pierde detalle de esas gotas mientras observa las manos de la chica remover el contenido del gran caldero con agua hirviente.

—¡Qué rica está Verónica!

—¡Bah! Es una *calientapollos* —contesta Fernando con su habitual cara agria.

—¿Qué quieres decir?

Fernando niega con la cabeza.

—Ya la conocerás.

José Carlos, de vuelta a casa, piensa apenado en la actitud de su amigo Fernando. Es una lástima, recapacita, que el oficio de Verónica esté tan mal visto entre la gente de Fango. Aun así, él no puede evitar dejar de sentir lo que siente.

Al día siguiente José Carlos se presenta, como un cliente más, delante del puesto de Verónica.

—Hola —saluda con una sonrisa en la cara—. ¡Quisiera una gallina!

—Serán siete *rólares.* —Verónica responde fríamente, mientras dirige su vista a José Carlos. Este la mira con ojos de animalillo nervioso, incluso más intranquilo que las propias gallinas, encerradas en la jaula que tiene Verónica en los pies.

—Claro, pero… —Duda mientras busca las siete monedas en su bolsillo—. ¿Podrías prepararmela con cariño?

Verónica le dirige una mirada indignada.

—Mato decenas de gallinas al día, observo sus ojitos indefensos y segundos después les retuerzo el pescuezo. ¿Pretendes que realice tamaña aberración con una sonrisa en la cara?

José Carlos le entrega avergonzado siete rólares. No dice más. Verónica agarra una gallina al azar de la jaula, el animal se mueve inquieto, los pequeños ojos negros observan a su verduga y, sin darle tiempo siquiera a cacarear, le retuerce el cuello. Verónica es muy rápida, el incauto animal no siente nada. Pasado el momento del crimen, la despluma con la resolución de quien está acostumbrado a ello. Un trozo de carne fofo reposa sobre la mesa, apenas un poco de sangre rezuma por los poros, donde una vez crecían plumas. Acto seguido deposita el cuerpo inerte en la gran olla de cocción.

—Vuelva en quince minutos.

José Carlos se aleja unos metros de la tienda. Extrae su cajetilla de cigarros y se fuma uno con lentitud. Observa el humo ascendente en dirección al cielo y, desde lejos, observa el contoneo frenético de la muchacha en su trabajo. Mira el reloj, apaga el cigarro y vuelve sobre sus pasos. Verónica agarra unas pinzas y extrae el cuerpo de la gallina aún humeante del interior de la olla. José Carlos le deposita encima del mostrador su tarro de pollos. La muchacha coloca en ese improvisado féretro el cuerpo caliente del animal. El lugar de muerte de un ser se convierte en el plato de comida de otro. José guarda el tarro dentro de la bolsa que lleva consigo.

—Adiós. Hasta la próxima. —Se despide, aunque Verónica ya está atendiendo a otro cliente, ni siquiera le mira. Al llegar a casa José Carlos recapacita.

«Es cierto. Es una *calientapollos*».

Negra Semilla

> «Cuando en mis sienes calme la divina tormenta, reclinaré, jugando con tus bucles espesos, sobre tu núbil seno, mi frente soñolienta»
>
> *Paul Verlaine*

ಕಪ್ಪು ಬೀಜ — Izabella (argentina)

Durante toda su infancia, Izabella había sido reprimida en el momento de mostrar sus sentimientos. Sus padres, seguidores de una nueva escuela argentina de pensamiento, querían hacer de ella una persona modélica.

Pensaban que era debilidad de carácter dar muestras de cariño: «El estoicismo debe ser tu único blasón».

Sin embargo, aquel amor que le negaban sus progenitores, lo observaba la joven Izabella en otros niños. Con el paso del tiempo, la constancia de sus padres pudo moldear su carácter e hicieron de ella una persona intachable, fría y serena. Habían conseguido crear, en el sentido más nietzscheano del término, a una supermujer. Una persona con una elevada capacidad de análisis, pero incapaz de amar.

*
**

ಕಪ್ಪು ಬೀಜ — Percus (colombiano)

Percus era un joven colombiano, inteligente, corpulento, y repleto de neuras que le asolaban en sus momentos más solitarios. No era mal hombre, pero la excentricidad en su carácter le alejaba de los demás. Su doctorado en economía en la Universidad Politécnica Grancolombiana le permitía dos cosas, llevar una vida holgada y mantener altivo su delicado ego.

*
**

ಕಪ್ಪು ಒಕ್ಕೂಟ — Izabella-Percus

Un día, en un banquete celebrado con motivo de un congreso de intercambio cultural entre universidades, Percus e Izabella se conocieron. Él se enamoró.

Izabella por su parte, desgranó metódicamente todos los pros y contras de una relación con Percus, y después de una detallada vivisección decidió que era un buen contrato casarse con aquel hombre.

Su matrimonio duró cinco años. La frialdad de Izabella hizo mella en su carácter neurótico. Se separaron de malas maneras. Amargado, abandonó la universidad que le había brindado tantas alegrías en el pasado, y puso rumbo a su nuevo destino. Grecia.

*
**

ಕಪ್ಪು ಬೀಜ — Tetis (griega)

Tetis era un nombre extraño para una niña, reconoció al unísono toda la familia Papasoulis. Pero su padre, un entusiasta del periodo helenista, fue inflexible. Su hija se llamaría así. La jovencita Tetis tuvo que lidiar desde temprana edad con las inacabables bromas de los compañeros de clase. El antojo del padre la moldeó para soportar las burlas. A pesar de ello, supo crecer con un extremado don para la bondad. La alegría se abría en ella y esa fuente de claridad era visible para los demás.

*
**

ಕಪ್ಪು ಒಕ್ಕೂಟ — Percus-Tetis

En la taberna de siempre, un amigo le presentó a un notable extranjero venido allende los mares. Percus estaba un poco achispado debido al fuerte alcohol. La sonrisa de Tetis unida a su deslumbrante belleza encendió el apagado corazón de Percus. Ella, insistente como jamás había sido, consiguió reabrir la puerta cerrada de aquel corazón y no desistió hasta verse viviendo juntos.

Faltaban meses para la boda, pero en algún momento de presión, las antiguas neuras de Percus se reavivaron. Despertaron con ellas viejas inseguridades enterradas. Engañó a Tetis con un par de alumnas veinte años más jóvenes. Pasadas unas semanas de sospecha creciente, Tetis se quitó la autoimpuesta venda de los ojos. Aunque el arrepentimiento de Percus llegó acompañado de sincero arrepentimiento, ya era muy tarde, el mal había abonado la *semilla negra*. Hasta para un corazón generoso como el de Tetis aquellos escarceos eran algo que superaba el límite de lo permisible. Con tristeza escondió su generoso corazón en lo más profundo del baúl de sus entrañas. Al cabo de una semana, aprovechó un puesto vacante como traductora de griego en la compañía consultora en la que trabajaba y marchó rumbo a la India.

*
**

ಕಪ್ಪು ಬೀಜ — Sarkis (indio)

Sarkis, mitad cristiano mitad musulmán, nació en la frontera entre dos dogmas. Sus padres murieron, cuando era apenas un adolescente, en un bombardeo en el Líbano. Por suerte, él se encontraba con sus tíos pasando una temporada en la India. A medida que se convertía en un hombre, se consideraba inmensamente afortunado, pues en su interior había conseguido aunar con éxito la particular trinidad cristiana-musulmana-budista. Trabajaba como pintor mostrando el lado bueno de las cosas, y aunque no ganaba mucho dinero, era feliz.

*
**

ಕಪ್ಪು ಒಕ್ಕೂಟ — Tetis-Sarkis

Tetis se encaprichó de un extraño cuadro en el que una mano gigante alzaba al sol en un amanecer. Estaba expuesto en la calle por un pintor ambulante. Esa pintura le recordaba de manera inconsciente a su propio yo, tan luminoso en una época anterior. Se encaprichó de la obra de arte, pues de alguna manera le recordaba a ella misma. Al querer comprarlo, el pintor no aceptó su dinero, sin embargo, le ofreció quedar otro día para tomar un té. Como Tetis heredó la obstinación de su padre, le fue imposible no aceptar la invitación, quería aquella fascinante pintura y no la dejaría, aunque su precio fuera vender su cuerpo al mismísimo diablo. Aceptó tomar el té. A pesar de su falta de interés en el artista, Tetis simpatizó con Sarkis desde el principio. Después de una semana de galanteos, Tetis se dejó seducir por el pintor, y tuvieron sexo apasionado. Él estaba loco de amor, no obstante, Tetis mostraba una desangelada frialdad traspasada por su

53

antiguo compañero de alcoba. Por suerte, la pasión de Sarkis regaba con dulzura el corazón de la mujer, y en el corazón de la diosa florecía poco a poco su antiguo entusiasmo por el amor. Un día, ella recibió una carta de su antigua pareja, donde le imploraba volver a su lado. Las palabras de la misiva reabrieron viejos rencores escondidos en su alma y un rebrote de frialdad fue creciendo en su interior. La negatividad solo necesitó un pequeño hueco para arraigar con fuerza en aquel receptáculo.

Sin previo aviso, la hermosa mujer con nombre de ninfa griega, desapareció para siempre de la vida del pintor. No hubo nota, ni palabras de despedida. Sarkis no podía comprender lo sucedido. Su fe en el cariño fue rota por aquel ángel y minó los cimientos más sólidos sobre los fundamentos adquiridos del amor.

Necesitaba salir de aquella cárcel que el mismo se había construido en la India. Pero no podía hacerlo mientras permaneciera allí, necesitaba un cambio. Recordó que poseía un amigo en Argentina gerente de una conocida Galería de Arte. Este amigo llevaba mucho tiempo queriendo ver una obra india expuesta. Así que lo llamó. El amigo accedió y concretaron una fecha para el viaje. Tan solo con sus pinceles se encaminó a Argentina...

*
**

☬ — Sarkis

Expuso la mayoría de su obra en la galería de su amigo y se convirtió en un fenómeno a las pocas semanas. Los clientes se entusiasmaron con la frescura de los símbolos, una nueva novedad de un país lejano dispuesta a ser descifrar, una obra repleta de trazos desgarradores y surrealistas muy acorde con el temperamento argentino. Muchas personas, enamoradas del éxito, se acercaron a Sarkis. Algunos con intenciones sexuales, otros por un afán especulador o con la simpleza de adquirir un cuadro para exhibirlo en sus lujosas casas.

Sarkis seguía sin sentir nada.

Pasados los días iniciales de aclaparador trabajo, decidió realizar senderismo y acabó en el pico de una montaña muy alta, se encontraba cansado ante la ausencia de sentimientos. El ejercicio revitalizó su cuerpo, aunque su mente siguiera en un estado de opacidad total. Entonces se fijó en el sol que comenzaba a arder esplendoroso en el horizonte.

¿Por qué una persona, tan amantísima de la vida cómo él, había sucumbido al desapego emocional?

Allí en lo alto, observando el atardecer, notó una presencia negativa apegada a su mente. Era un mal traspasado hacía tiempo. Su particular entendimiento espiritual le permitió examinar más caminos de los que otros podían ver a simple vista. Los mortecinos rayos de sol, los más poderoso del día, acabaron de transmitirle las fuerzas necesarias…

Inspiró con fuerza y notó algo en el interior de su mente. Cerró los ojos. Volvió a aspirar más enérgico. Sí, allí estaba aquella presencia. Una *semilla negra* abonada con desapego, racionalidad y frialdad. Hundió su dedo astral en la nariz y comenzó a apretar cada vez más fuerte. Un hilo de sangre brotó, pero no sufría por ello. Siguió hundiendo el dedo más y más adentro. Podía tocar algo, una pequeña piedra, y escarbó cada vez más profundo. Poco a poco la fue extrayendo. Sudaba mucho por el esfuerzo y la pérdida de sangre, pero al fin, el pequeño objeto estaba fuera de su cuerpo.

Observó con detenimiento la extraña forma que sostenía en su mano. Era una simiente *negra*. Notaba la fuerte energía de egoísmo racional que recorría aquel engendro. Una fuerza destructora le recorría la mente astral si se acercaba el pequeño objeto a los ojos cósmicos. Con delicadeza colocó la *semilla* en la palma de la mano y la elevó lo más alto que pudo en posición horizontal. Los rayos de sol inundaron la palma de la mano y comenzaron a tostar aquella simiente. Un minúsculo humo negro se elevó en dirección al cielo, un pequeño punto negro quedó tatuado en la palma de su mano, aquella herida de por vida le recordaría siempre la extirpación de la negatividad. La *semilla negra* ya no estaba. Había desaparecido.

Sarkis volvió a respirar con normalidad. Ya no se sentía pesado. Miró al sol. Sintió apego por la vida, por madre Tierra y por todos los seres que conformaban parte del hermoso mundo. Después de mucho tiempo, al fin, sonrió de nuevo.

Acmé neoludita

«Acmé (del griego ἀκμή) en su origen significa "la punta", o "el filo de un objeto", y en sentido figurado, el momento en que algo está en su máximo esplendor»

Wikipedia

Habíase un lugar, llamado el mañana, es un lugar no muy lejano.

—¡Maldita máquina *robapuestos* de trabajo! —El que chilla es Vartuc. El que odia es Vartuc. Es un joven neoludita. Odia la tecnología, en especial a los androides. Esta tarde, el objetivo de su ira desmedida, es un inocente robot mesero. En el rostro lleva unas gafas de sol que le ocultan los ojos; su ropa deportiva, con una capucha echada sobre la cabeza, dificulta aún más cualquier identificación visual. A su lado, una chica, vestida de manera similar reposa con las piernas encima de la silla de enfrente.

—Su café, señor —El robot mesero contesta ajeno al odio de su interlocutor.

La pequeña cafetería está situada en una apartada zona de la ciudad, sin lugares emblemáticos ni edificios importantes, suele ser un lugar desértico. La única pareja del establecimiento, una pareja de ancianos, recogen sus pertrechos y se levantan de la mesa al escuchar alzar la voz al joven.

El robot mesero es un modelo antiguo, un androide construido en masa, sin ninguna clase de personalización. Al trabajar para el público cumple con los estándares estéticos habituales, dos piernas, dos manos, rasgos humanoides bien definidos con ojos, orejas, nariz, aunque el cabello no acaba de estar bien representada.

El robot mesero extiende la taza de café caliente delante de Vartuc, mientras las pupilas inexpresivas, sin parpadeo alguno, se quedan mirando al rostro humano que tiene delante.

—¡Maldita máquina! —Lanza la taza de café aún humeante sobre la cara del androide.

El vaso de café choca con fuerza contra la nariz del robot mesero, la fuerza de gravedad hace el resto, y la taza se convierte en añicos al caer al suelo. El líquido oscuro se escurre por todo el pecho del androide. Este apenas mueve las pestañas, un líquido jabonoso se introduce en los ojos para aclarar la visión. El ser mecanizado se agacha y recoge los restos esparcidos por el suelo.

—No está permitido arrojar objetos dentro de la cafetería —La inalterable voz del robot se escucha desde el suelo—. Deberé llamar a la policía.

—¿Lo quemamos? —susurra la compañera de Vartuc a pesar de ser los únicos clientes en el local. Ambos cumplen a la perfección las rigurosas normas de la secta neoludita: hablar en voz baja en locales públicos, puede haber cámaras grabando. El audio puede ser usado en un proceso. Los ojos de los dos jóvenes observan con desprecio al androide, quien ya ha terminado de limpiar el suelo.

—El importe por la taza de café son ochenta céntimos —dice el robot mesero.

—Ja, ja, ja —Vartuc ríe con desprecio y añade una frase al oído de su compañera—. El domingo a la noche.

—Sí. —La respuesta, también en tono bajo, se engarza con ira contenida a la de su compañero. La frase contiene un antiguo odio.

Ambos se levantan. Con la mano, realizan un gesto obsceno en dirección a las cámaras de seguridad, después abandonan el establecimiento sin pagar. La policía llega minutos más tarde. La voz del robot mesero narra a los agentes el incidente producido, estos se conectan al *interface* de las cámaras de seguridad y se descargan la filmación. En el vídeo es imposible identificar el rostro de los jóvenes encapuchados y el audio no ha grabado ningún sonido inteligible. La policía archiva la denuncia y se va.

∞ Domingo. 01:00 am ∞

El robot mesero inicia la secuencia de cierre en la pequeña cafetería. Después de confirmar el cierre, la puerta baja con lentitud y el androide mira en derredor con el cuello bien alto. Su descanso habitual se produce de pie en la pequeña trastienda de la cafetería, en el armario destinado a su reposo. Pero el comercio es pequeño y no cuenta con la toma eléctrica necesaria para recargar su batería. Es por ello, que una vez a la semana, debe acudir al centro de recarga más próximo. El más cercano queda a cuatro kilómetros. El robot vuelve a mirar en derredor, debe asegurarse de no sufrir ningún daño, aún debe ser productivo muchos años.

Gira en la avenida sur 12 con calle Ote 245B. La colonia posee una extraña configuración urbanística, las intersecciones aéreas de calles altas, aumenta el caos urbanístico. Los primeros días el sistema de posicionamiento se confundían en el laberinto de esa región de la ciudad. Tardó unas semanas en recalibrar los sistemas para recorrer de la manera más eficiente la distancia entre la cafetería y la central de recarga.

Comprobados los alrededores cercanos, se decide a caminar y se dirige por la avenida sur 12.

Al girar en Plaza Mayor, un golpe inesperado le destroza la córnea del ojo derecho. Un líquido amarillento surge de la cavidad mecánica.

El robot levanta el rostro.

El robot recibe otro devastador golpe.

El robot cae al suelo.

—No mires, maldita máquina. —La voz distorsionada se cierne sobre el indefenso androide. La sombra empuña un bate metalizado.

El único ojo del robot observa el suelo. Intenta mover sus manos, pero detecta que están inservibles. Su pierna derecha tampoco está operativa.

—Están atentado contra una propiedad privada. Según el artículo… —Apenas un hilo de voz surge de la máquina.

—Nos importan una mierda tus artículos —dice una voz femenina.

—¡Engendro *robatrabajos*! —Entonces los golpes aumentan. El sonido del metal contra el metal se recrudece.

—No me hagan daño. Soy una propiedad privada. Aún debo producir… —Pero el ser mecanizado ya no puede hablar. La vara de hierro se precipita contra su rostro, hunde con fuerza su boca y nariz hacia dentro, el sistema fónico queda dañado con severidad. El robot intenta de nuevo emitir una frase, pero solo se escucha un zumbido distorsionado.

Las varas de metal golpean sin piedad a la indefensa estructura humanoide. El desamparado ser solo puede observar con su único ojo como la oscuridad se abalanza gradualmente sobre sus sistemas. «No me hagan daño. Aún podría haber sido útil un par de años». Los golpes no cesan, la brutalidad humana, con toda su frustración, odio, miedo e ira, machacan al indefenso ser de metal.

El maldito odio sigue apaleando al ser indefenso. Del cráneo metalizado surge un líquido viscoso que se esparce por el suelo.

El maldito odio rezuma golpes, producidos por la involución de la empatía humana.

El maldito odio desmedido de la rabia humana finaliza.

El robot mesero ya no existe.

✳ Resabignátadas ✳

Calle Tolerancia

Resulta chocante pensar en la palabra tolerancia como en un eufemismo de sordidez y, sin embargo, con toda esa carga acude hasta mis oídos de manera contundente.

—Aquí está la calle tolerancia. Es donde se permite —Mi interlocutora carraspea y se aclara la voz. Alguna mota de polvo se le ha alojado en la garganta a mi guía turística—, como decía, donde se permiten ciertas licencias con las señoras de la noche.

Me resulta extraño el tono. Parecería que estuviera hablando del purgatorio o de algún lugar peor. ¿Qué tiene de malo este lugar? Yo me crié a dos cuadras de aquí. Es verdad que las calles son más oscuras en esta zona que en el resto de la ciudad, las luces del alumbrado público apenas brillan y las casas pequeñas no albergan más de una planta. Anuncios de neón, pizarras con notas escritas a mano repletas de faltas de ortografía y destartalados carteles son los guardianes silenciosos que dan la bienvenida al extranjero. «Copas. Drins. 2x1», «Jappy Hour 7 tarde». Puedo leer algunos de los reclamos escritos en tiza de las viejas pizarras callejeras.

*
* *

Por las palabras de la guía pueden interpretarse como si el hogar de las meretrices fuera un lugar sucio. A mi mente acuden imágenes a tropel de películas, donde las señoras lumias son extorsionadas por chulos sin escrúpulos o maridos drogadictos, incluso quizás por una peligrosa combinación de ambos. La guía turística se recoloca la chaqueta sobre los hombros. Parece incómoda. Hace calor, por suerte el sol comienza a declinar por detrás de las montañas.

—¿Entramos? —Acompaño la frase de un galante gesto en dirección al hueco de la puerta donde debería haber una puerta. Aunque el tono es de pregunta, la invitación no lo es. Ella arquea una ceja y lanza un pequeño bufido.

—¿Si es lo que quiere?

No respondo a la pregunta y entramos al lugar. Ella me sigue no muy convencida. El local apenas presenta clientela. En una tarima hay una barra de hierro vertical, abrazada a ella, una stripper realiza estudiadas poses de baile. Lleva un bikini de color verde resplandeciente, las luces del local crean reflejos verdosos y estos brillan como fugaces látigos luminosos, pues al incidir la luz sobre la minúscula vestimenta restallan rabiosos en el aire. A los pies de la improvisada bailarina, dos habituales del lugar aplauden las contorsiones de la mujer.

La *stripper* se percata de nuestra presencia en el local. Detiene su baile al instante, y alzando las manos al aire, realiza un estiramiento. Su mirada felina observa con detenimiento nuestra incursión en su redil. A la par, la guía turística mira en derredor. Desliza con disimulo un dedo por el respaldo de la silla, y arquea de nuevo la ceja en esa pose suya tan circunspecta ante lo que podría llamarse eventualidades anormales. La bailarina baja de la tarima, sonríe contenta, camina en nuestra dirección. Sus pasos, acentuados por los grandes tacones en sus botas, resuenan alegres en nuestra búsqueda. Su melena larga, de un rubio platino espectacular, cae desmelenada por la espalda. Algunas gotas de sudor, estacionadas en sus sudorosos músculos, brillan por el efecto de la luz giratoria del techo.

—Hola cariño, ¡cuánto tiempo! —De cerca, la encantadora sonrisa de la bailarina, nos revela una mujer cercana a los cuarenta años—. ¿Es tu novia?

—No, madre. Solo es una guía turística.

¡Toc, toc! ¿Quién es? El Odio

«Escuchad el maravilloso sonido de la vida que fluye a nuestro alrededor. Las agudas notas emitidas por el corazón, imperceptibles para la mayoría, se esconden entre pliegues de baja frecuencia: alegría y tristeza. Son ellas las causantes de esa extraña partitura llamada vida, notas de placer, dolor, altruismo, egoísmo. Arpegios repletos de amor y odio, melodías disonantes en ocasiones, que causan locura en nuestra raquítica percepción. ¿Os habéis preguntado algún día que pasaría si cayéramos devorados por esa melodía de locura? Seguro que sí. La pregunta, y también la melodía, planea sobre nosotros constantemente, fiel *partenaire* de la que enamorarse, ¿qué sería de la vida sin un poco de esa canción interpretada por locura?»

S. Bonavida Ponce

TOC, TOC.

—Soy el Odio. Abre. —Es una voz grave.

—¿Cómo? ¿Quién es?

—El Odio, ya te lo dije antes, estúpido.

Aparto el protector de la mirilla. Reviso la silueta del ser bajito que hay al otro lado. Este aprieta con enfado sus cejas al escuchar el correr de la mirilla, el humo de un cigarrillo asciende en el exterior frente a la puerta y dificulta mi visión a través de la mirilla. Abro. Delante de mí aparece en toda su forma el Odio, chaqueta gris, camisa blanca y corbata negra. Se encuentra apoyado desgarbadamente en el marco de la puerta mientras me dirige una acre mirada.

—¿Me invitas a pasar o tengo que solicitar una instancia?

—No, por supuesto, adelante, Odio.

Se sienta en mi lado preferido del sillón. Deja el cigarro en una esquina de la mesa. Me observa a los ojos con desprecio. Sin ninguna clase de prisa recoge de nuevo el cigarro, le da una calada y se lo queda sostenido entre sus dedos.

—¿No serás uno de esos a los que le molesta que fume en su casa?

—Bueno, sí, la verdad es que un poco, sí me molesta, porque verá, no soporto el humo, por mi alergia, y esta es mi casa y no…

—Claro. Por supuesto, ¿te gustaría que apagara el cigarrillo?

—Si es tan amable.

—No lo pienso hacer. Yo fumo donde quiero y donde me viene en gana. ¿Lo has comprendido, maldito estúpido?

Me callo y lo miro de nuevo. No salgo de mi asombro. El Odio ha venido a visitarme, y está más odioso que nunca.

—Perdona, Odio, pero te hacía un poco más… ¿cómo lo diría…?

—¿Fuerte? ¿Musculoso? ¿Alto? ¿Cuál es la palabra que buscas?

—Sí, alto, quizás te esperaba un poco más alto.

Me mira con odio el Odio.

—Es un error habitual entre vosotros los estúpidos humanos. Esa que tú crees más alta es Ira, mi prima-hermana, pero yo soy mucho más elegante. En fin… ¿ya te imaginas a qué he venido, verdad?

—Pues… no. La verdad es que no.

—He venido porque eres un fiel acólito. Odias a todo el mundo. Si tuviera que definir la misantropía engancharía una foto tuya a la definición. Estás en el estrellato de los misántropos, si fueras cantante serías el *pop-star* más famoso de los medios. Incluso añadiré algo más, maldito estúpido, si yo mismo no fuera el Odio, te recomendaría para el cargo por tus tremendas hazañas.

Me rasco con nerviosismo la coronilla de la cabeza. No sé cómo le voy a decir lo que tengo que decirle, no es que desee importunar al pobre Odio, después de tan largo viaje a mi casa.

—Pues… verá, Odio. No es que no se lo agradezca, de veras. Pero tengo que insistir en que se vaya. No quiero saber nada de usted.

El Odio me mira sorprendido. Un poco de ceniza cae al suelo. Bueno, ya limpiaré después. Junta las manos, y apoya sus codos en las rodillas, su torso se adelanta hacía mí.

—¿Cómo? ¿Me desprecias? Maldito estúpido. ¿Cómo osas rechazar esta magnífica oportunidad que te abriría un mundo de nuevas experiencias? A mí, precisamente a mí… —sigue chillando. Creo que la sutilidad de la que hacía tanta gala hace un momento se ha ido por la alcantarilla. Por suerte se dirige hacia la puerta. Menos mal, un problema menos—. Imbécil. Batracio. Hijo de P€$@. ¿¡Qué te has creído!? Te arrepentirás de rechazarme. Estúpido. Maldito estúpido.

Dichas estas últimas palabras cierra la puerta de un portazo. Por fin se ha ido. Suelto un fuerte suspiro. Me dirijo a la habitación de dormir y abro una de las puertas del armario.

—Shhhh… Shhh… Ya puedes salir, Locura. Tranquila, se ha ido.

Locura me mira con los ojos bien abiertos, de la comisura de su boca surge un hilillo de baba, la acompaña una sonrisa.

—No, tranquila, no volverá. ¿Qué? ¿Qué dices? Aaahhh… ¿Si me imagino qué hubiera pasado si nos hubiera pillado juntos? Pufff… No sé, no importa, después de todo, el Odio es predecible, no como tú mi querida niña, tan tranquila, apacible, risueña, explosiva, je, je, je ¿Cómo? ¿Qué te apetece jugar a un juego de mesa? Bueno, pero nada de utilizar los huesos enterrados en el garaje como fichas… ¿Qué? ¿Qué sin los huesos no quieres jugar al parchís inglés? Pues por mí ya te puedes enfadar, me da igual. Corre, corre, aléjate. Tranquila. Yo sé que volverás…

El cliché

«Una duda me asoló después de conversar sobre la utilización de clichés por parte de escritores, blogueros y demás ganado literario. Esa duda la aumentaron dos nuevos personajes, aparecidos de repente, en la antesala de mi inconsciencia»

Anónimo

—Escribe muy mal.

—¿Perdona?

—No se lo tome así. He sido demasiado directo. Pero es imposible ofenderle más allá de lo que usted mismo se ofende. En su prosa utiliza excesivos *clichés*. En todos sus relatos alude a alguna idea preconcebida, una frase, una situación. Una aburrición extrema me entra cuando repaso los párrafos que escribe.

—Pero, habrase visto, ¿de dónde sacas eso? Hablar es gratuito. Acusar a alguien con fallos es fácil si no se ponen ejemplos.

—Verá: cabellos ondeando al viento, sombras recortadas contra la pared, brumosas nieblas del atardecer o dulces sueños de verano… Son frases muy bonitas de principios de siglo, pero su estiramiento a lo largo de esta centuria por *pseudoescritores* las han llevado a un agotamiento literario; era un filón de oro, ahora desolado, del que ya no brota más el rico elemento.

—Me parece una crítica injusta. Eres muy rebuscado y obtuso.

—Es una argumentación basada en mis estudios y en la experiencia adquirida contra esos malos hábitos, si no quiere aprender de ello, usted pierde la oportunidad. Leerle es tiempo perdido.

—Al respecto de tu razonada crítica poseo una discrepancia. Basándonos en la estadística, es improbable que yo, ni nadie, haya escrito frase alguna que no estuviera ya publicada. Ninguna frase, o combinación de palabras, por más fortuita que sea, es original, todo ha sido escrito en el pasado, seguramente miles de veces por escritores anteriores a mí, ergo, cualquier escritor es víctima del legado de sus maestros precedentes. Por ende, nada es inventado, todo es reciclado en un gran bucle de nuevas frases con apariencia de nuevo. Y, reiterándome con un refrán, de seguro otra sobreutilización, según tú: «no hay nada nuevo bajo el sol».

—No se moleste, pero su contra argumentación es pueril.

—En absoluto me ofendes. Sobre todo, ahora que he descubierto qué eres en realidad.

—¡Sorpresa! ¿Y qué soy según usted?

—Eres una parodia de crítico. Tus argumentaciones no son más que la acumulación de frases de otros críticos anteriores a ti. La crítica que realizas es el peor *cliché* que existe, pues se alimenta de ella misma, no varía, no aprende. Las páginas de tratados de crítica literaria se amontonan en tu biblioteca, dedicas tu vida a la destrucción de las obras de los demás. Observas cada detalle con fría inquisición, desaprobando con tu mirada subjetiva cualquier frase, a la par que elaboras una desagradable deconstrucción por corredores oscuros. Eres policía, juez y verdugo, un intransigente que da más importancia al error que a las mil palabras anteriores bien escritas. Condenas con tu total subjetividad, la creación de los otros, solo porque tú no posees la imaginación necesaria para crear.

—¿Ya acabó la pataleta?

—Todavía no. Lo peor de todo, es que no eres un crítico de verdad, o debería decir un crítico real del mundo de los hombres. Eres solo un molesto ser incordiante que ha venido a molestar.

—¡Qué listo! *Touché*.

—¿*Touché*? No, deberías decir… *cliché*.

Epílogo:

La palabra *cliché* es un término francés que significa «estereotipo». Se refiere a una frase, expresión, acción o idea que ha sido usada en exceso, hasta el punto en que pierde la fuerza o novedad pretendida.

La aparición de este elemento en el discurso oral o escrito indica falta de creatividad o sinceridad por parte de un autor, quien no se toma la molestia de formular una idea propia.

Por otro lado, existe una corriente que reafirma las ventajas de su uso, que no abuso. Pues en las historias su utilización puede establecer cierta sintonía con la audiencia. Además, la exposición y descripción de una historia se puede simplificar gracias a su inserción, facilitando así un acercamiento entre la historia y el público.

«Este relato está dedicado a todos los *clichés* de la humanidad, porque sin vuestro saber acumulado, nuestras historias no serían tan ricas».

Ideograma

Fe es solo una palabra;
libre de credos, fronteras, ataduras;
libre de odios, de rencores, de alevosías.
Las maravillas suceden con ella.
Hay ilusión.
Hay magia.
Hay felicidad.
Todas las cosas buenas ocurren.
La lluvia cae regando los pensamientos.
El tiempo se detiene con una sonrisa alegre.
Lloras lágrimas de alegría pura,
en un momento, y el corazón rebosa gozo.
Ten siempre fe,
en este mundo,
la FE, eres tú.
93% imaginación, 7% realidad
Pero es ese 7% lo que realmente importa

«Dedicado a los seres aquiescentes»

*
**

Los gualtrapones

∞∞

Diccionario
Gualtra-Castellano / Castellano-Gualtra

Comerse un torrao

1. *expr. coloq. malson.* Conseguir entablar relaciones de carácter sexual con otras personas. Modismo utilizado con preferencia por hombres en relación a mujeres.

Es más feo/a que pegar a un padre

1. *m. y f. expr. Coloq. malson.* Dicho de una persona muy desagradable a la vista.

Gualtra

1. *m.* País.

2. *m.* Lengua.

Guáltrapa

1. *adj.* Natural de Gualtra.

2. *adj.* Perteneciente o relativo a Gualtra. *Apl. a pers.*

3. *s.m.* Lengua vulgar que se habla en Gualtra, España, México, gran parte de América y en la Cochinchina meridional.

4. *m.* Dicho de una persona que habla idioma Gualtra (*ll lengua*).

Gualtrapón, a

1. *s. m. y f. fig.* Persona tonta o de pocas entendederas.

2. *s. m. fig.* Por lo general, figura asociada a la de un varón con impulsos sexuales irrefrenables.

2. *m.* Perteneciente a la comunidad Guáltrapa.

Mal del tordo

1. *fig. malson. loc.* Dícese de aquellas mujeres que presentan una cintura fina y un culo gordo.

Sheskpir

1. *m.* Denominación guáltrapa relativa a William Shakespeare.

Xuscar

1. *v. malson.* Hablar en tono comedido y romántico a una mujer con el propósito de obtener una recompensa sexual a cambio.

∞∞∞∞∞∞∞∞∞∞∞∞∞∞∞∞∞∞∞∞∞∞∞∞∞∞∞∞∞∞∞∞∞∞∞∞∞∞∞

IGNATIUS
Doctorado de filología Guáltrapa en la universidad de Tristonia

Dos amigos, de un barrio humilde, solían ir de viaje una vez al año. Con sus escuálidos salarios ahorraban hasta tener lo suficiente para poder montar la gran fiesta en algún país europeo.

Aquel año, los dos amigos escogieron *Skipton*, un pequeño pueblo británico, como destino de sus aventuras. La localidad no contaba con una población muy elevada, según el censo del ayuntamiento, pero era un lugar muy rico en materia sexual. Un edificio de gran interés para nuestros dos amigos se alzaba en medio de dicho pueblo. En la inscripción de bienvenida, tallada en piedra, se podía leer «Women's College». Este recinto y sus alrededores habían sido analizados con precisión. El estudio previo se realizó en los canales guáltrapas habituales: *yourtube*, *friendface*, *tuiturytal...*

Las *redes insociales* confirmaban las evidencias. Las universitarias de aquel lejano pueblo británico presentaban una soledad añeja que los dos amigos esperaban consolar. Así, después de exhaustivas comparaciones con otros lugares de parecido similar, los amigos escogieron *Skipton*.

Dicho y hecho, los dos amigos compraron sendos pasajes de avión, alquilaron un apartamento barato con vistas estratégicas y marcharon a ese apartado lugar tan rico en posibilidades sexuales. El pueblo se antojaba el paraíso en sus desgarbadas mentes *guáltrapas*.

Por desgracia, la realidad no igualó las expectativas, y a medida que pasaron los días, no *se comían un torrao*.

El antepenúltimo día antes de su marcha estaban comiendo en un restaurante. Había cuatro camareras. Dos de ellas poseían un físico envidiable, y las otras dos, según la definición *Gualtra*, eran *más feas que pegar a un padre*. Los amigos no se decidían a cuáles atacar. Aquellos dos *gualtrapones* eran poco pragmáticos. A pesar de sus reiteradas experiencias negativas con los seres más bellos del sexo contrario, ellos siempre acudían a las más hermosas. En este caso especial, ambos *gualtras* presentaban un caso claro de *estupiditúgualtra*. Una rara enfermedad incluso entre su comunidad, que les impedía aprender de las experiencias pasadas, lo que disminuía en gran medida sus posibilidades de reproducción; ya no hablemos tan siquiera de *xuscar*. La cita *gualtra* por excelencia: «las feas suelen ser más agradecidas», no la habían estudiado en el colegio. Hecho que llevaban arrastrando desde jóvenes. Dos seres sin apenas estudios que solo observaban el monumental físico de las mujeres sin prestar atención a los demás detalles.

Las camareras continuaban atareadas, ajenas a los intercambios de cuchicheos de los dos amigos. Ellos continuaban su conversación con los ojos achinados, observaban el posible premio a sus desvaríos sexuales y se lanzaban miradas repletas de complicidad. Una de las camareras era muy alta y parecía una modelo. Otra era una sensual pelirroja. Hasta aquí las dos guapas. Otra rubita, más rellenita, presentaba una gran sonrisa y unos atributos notables. Por último, una morena con el *mal del tordo* y con cara de pocos amigos conformaba la guinda al pastel agridulce.

Los dos amigos no acababan de tomar su decisión. Y el alcohol ingerido hasta el momento no ayudaba mucho en dicha tarea. Por supuesto, su escaso conocimiento de la lengua de *Sheskpir*, no ayudaba en su empeño.

De repente, en medio de su mesa, se plantó rauda y veloz una mosca de grandes ojos rojos. El minúsculo insecto comenzó a devorar ávidamente las minúsculas migas de pan depositadas sobre el mantel. Aunque los dos amigos eran bastante toscos con las mujeres, ambos poseían un elevado respeto hacia los animales, hasta incluso de aquellos seres más diminutos. Haciendo honor al refrán, «Todos los tontos tienen buen corazón», en vez de apartar a la mosca le depositaron unos granitos de azúcar encima de la mesa. En ese momento, el insecto se relamió la lengua. Loca de alegría, la mosca se dirigió al dulce manjar, y succionó con ímpetu los minúsculos granitos de azúcar.

Entonces, por un segundo, los ojos rojos y el cuerpo de la mosca parecieron brillar.

—Eins, amigo —dijo el amigo menos borracho—, estha moshca brilla másh que un chichi dando palmas en un arsbol de navidá.

—La concha de… —respondió el segundo amigo *gualtrapón*-. ¡Te juro nu había visto na asín en toa mia vida, neng!

Por suerte para ellos, su vulgar lenguaje *guáltrapa* era desconocido por aquellas extranjeras, que por supuesto los hubieran repudiado en el acto por tanta ordinariez.

Entonces, la mosca alzó el vuelo y se posó en el hombro de la camarera morenita de cara seria, la del *mal del tordo*. Al poco, la mosca volvió a volar y se posó en la rubita pechugona de atributos considerables.

Según la definición de los dos *gualtrapones*, la mosca se había posado encima de las dos feas.

De nuevo, la mosca alzó el vuelo y volvió a la tranquilidad de la mesa.

Ambos amigos se percataron del detalle y se preguntaron: ¿por qué la mosca se había posado sobre aquellas dos camareras? Como eran tan *gualtrapones*, se olvidaron de la mosca y fueron a hablar con la modelo y la pelirroja.Esas eran las dos guapas.

Y claro, llevados por esas extremadas expectativas, pero sin encontrarse a la altura del lenguaje, su plan terminó en una conocida expresión anglosajona denominada *Epic Fail*. Traducido al idioma *guáltrapa*: no consiguieron *comerse un torrao*.

Esa misma noche, paseando ebrios por las calles de *Skipton*, se toparon con otro grupo de extranjeras igual de ebrias que ellos. Eran cinco chicas y, como suele ser estadística, las feas eran mayoría. Pero la oscuridad, ese gran aliado de los feos, favorecía a ambos grupos. Además, al estar todos ebrios, la conversación fluía ajena a las barreras lingüísticas, ya que conversaban en el idioma universal de los borrachos.

Además, los dos amigos sufrían sin saberlo un sesgo cognitivo severo, es decir, poseían un interiorizado concepto de belleza desmedido en contraste con la realidad de sus cuerpos; creíanse bellos cuales adonis. La realidad, no obstante, es que ambos eran *más feos que pegar a un padre*.

Por ello, sus resultados con el sexo opuesto siempre eran inversos a lo que ellos mismos podían ofrecer.

De nuevo, en aquella fiesta improvisada, hizo aparición la misteriosa mosca. En esta ocasión se posó en la chica más borracha del grupo y, segundos más tarde, en el hombro de una amiga suya, que aunque no muy bella, resultaba agradable a la vista.

Los dos amigos abrieron sus ojos como moscas -nunca mejor dicho- y por primera vez en su vida, entendieron las señales…

Así que los dos *gualtrapones*, mediante un signo acordado durante años, decidieron entrar a *xuscar* a las seleccionadas mozas extranjeras donde se había posado aquella providencial mosca.

Y aquella noche…

Después de tantos días infructuosos…

Por fin…

Se comieron un torrao cada uno.

Además, las magnánimas británicas les dejaron repetir a cambio de una invitación a un buen desayuno.

Al día siguiente, subieron al avión y se durmieron abrazados. En el interior de una pequeña cajita de pañuelos, colocada en el bolsillo interior de uno de los *guáltrapas*, reposaba tranquila la mosca. Los dos amigos soñaban contentos de tamaña hazaña, recordando en sus ensoñaciones las aventuras realizadas en *Skipton*. En sus respectivos viajes oníricos rememoraban la última vez que había acontecido un evento similar, siete años atrás, en la fiesta de Villa Rana de Arriba, un pequeño pueblo situado entre Monforte de Lemos y Pontevedra. Aunque ambos amigos eran bastante tontos, incluso para el canon general de los *gualtrapones*, se despertaron con mutuo conocimiento de saber la importancia que representaba aquella mosca en sus vidas. El bello insecto les brindaría todo cuanto necesitaban en su simple vida. Desde aquel momento, dieron gracias al destino, que les había presentado aquel insecto prodigioso, y decidieron cuidar al minúsculo ser hasta el final de sus días.

Adoptaron a la pequeña mosca mágica y le prepararon entre los dos una estupenda caja de zapatos donde cada mañana le ponían sendos terrones de azúcar.

Y desde entonces, hasta nuestros días, los dos amigos *gualtrapones*, bendecidos por el toque mágico de la mosca, se *comieron torraos* todos los días, a todas horas y siempre que quisieron.

«ESHTO ESH EL FIN»

Quiero ser Jedi

—Mamá. Papá. Quiero ser Jedi.

Palmira y José se miran anonadados. Intentan encontrar un sentido en las pupilas del otro. La inesperada frase de su hijo acaba de sacudir a esta pareja de ateos recalcitrantes, y ambos se preguntan: «¿Qué acaba de decir mi hijo?».

El primero en hablar es José, el padre.

—Perdona hijo, ¿qué dices que quieres ser?

—Jedi.

José gira el rostro y mira atónito los ojos de su mujer.

—Pero Andresito —La que ahora habla con cierto deje nervioso es Palmira, la madre de Andrés—, en esta casa somos ateos. Nunca hemos creído en religiones ni dioses de ningún tipo.

Un breve silencio se instala incómodo entre los progenitores. Andrés mantiene con fijeza la mirada a su madre.

—Los ateos también pueden seguir *La Fuerza*.

Las pupilas confusas de Palmira no aciertan aún a encontrar el discurso adecuado. Los crispados ojos de José enrojecen.

—Hijo, perdona, ¿qué tonterías son estas? Toda esa sarta de memeces de *Star Wars* son invenciones. ¿Quién te ha metido esa idea en la cabeza?

—Nadie me ha metido ninguna idea. La película solo fue el catalizador. *La Fuerza* es algo más profundo en el interior de cada ser vivo.

—¿Catalizador? —La voz de Palmira tiembla al pronunciar la pregunta— ¿De dónde sacas esas palabras Andresito?

—Siempre me habéis hecho leer mucho. Catalizador es solo una palabra más, el impulsor, la energía, La Fuerza. Y ya no me digas más Andresito, nunca más, mi nombre es Andrés.

—Así no le hables a tu Madre. Pídele perdón y vete a dormir.

Palmira mira nerviosa a José. El padre mantiene la vista fija en su hijo. Pero hay un cambio en él, no baja la vista. Andresito, Andrés, o quien quiera que esté delante de ellos ya no es su hijito pequeño. Se ha producido un cambio.

—Con toda mi Fuerza os pido perdón si os he molestado con algunas de mis palabras. Pero me convertiré al jediismo. Y a partir de ahora únicamente responderé al nombre de Andrés. Con vuestro permiso, papá y mamá, me voy a dormir.

José permanece en el pasillo, delante de la habitación de su hijo, y por un leve resquicio en la puerta escucha con atención las palabras que murmura su pequeño en la soledad de la habitación.

*
**

«No existe emoción, solo existe Paz.
No existe ignorancia, solo existe Conocimiento.
No existe pasión, solo existe Serenidad.
No existe caos, solo existe Armonía.
No existe muerte, solo existe La Fuerza»

*
**

Los paternales ojos observan el tranquilo ritual. Su hijo, de pie en medio de la estancia, mantiene su cabeza inclinada hacia adelante mirando hacia su pecho. Levanta el rostro, con pasos lentos, se dirige en dirección a su cama, levanta la sábana y acto seguido se acuesta dentro de ella.

A José no le gusta inmiscuirse en la privacidad de Andrés, sin embargo, está ocasión requiere una especial vigilancia. Cuando se dispone a retirarse con discreción, su hijo se despide.

—Buenas noches, papá.

—Buenas noches, hijo.

José pasa por su propia habitación, enciende el ordenador que reposa apagado encima de su escritorio y teclea unas palabras en el buscador. Mientras, Palmira se dispone a lavar los platos, el contacto con el agua la relaja. Siempre lo ha hecho.

Al cabo de unos minutos, José y Palmira se reúnen en el comedor, al estilo de las antiguas reuniones de espías. El primero en hablar es José.

—He estado buscando en internet. A priori las premisas del templo de la orden Jedi parecen benevolentes y justas.

—¿Tienen página web? ¿Y un templo? —pregunta Palmira con insistente celo en su voz.

—No es un templo físico, al menos no de momento. Y lo que he leído me ha gustado. Un Jedi debe mantener una mente abierta hacia otras creencias. Un ateo puede ser Jedi, un cristiano puede ser Jedi, un musulmán puede ser Jedi. Se autoproclaman una religión de religiones.

—Me das miedo José, por tu tono parece que consientas a los deseos de Andresito.

—Lo que creo es que nuestro hijo ya empieza a ser mayor y debe decidir su propio camino. Cuanto más nos neguemos en este punto más insistirá. Debemos permitirle que se equivoque o que acierte por él solo. Tú y yo somos ateos, pero en esta casa por encima de todo hemos sido siempre tolerantes. No debemos prohibirle, debemos vigilarle. Que él tome sus propias decisiones y se equivoque con ellas es bueno. Si es una moda pasajera ya se le irá de la cabeza, como cuando quiso ser detective.

—José, estoy asustada. Esta vez es distinto. Su mirada. Su voz. Mi Andresito…

—Cariño, a ese respecto, con todo mi amor debo pedirte que no le llames más Andresito. Ya no es un crío.

—Pero lo he llamado siempre así.

—Las cosas cambian y entiendo tu pena. Pero los diminutivos son molestos, sobre todo si la persona no los acepta. Yo siempre odié cuando de pequeño me llamaban Joselito. Parecía el niño cantor aquel de las películas españolas.

Palmira recapacita en las palabras de su esposo.

—Tienes razón cariño. Te haré caso. Pero… ¿qué haremos si insiste en ser Jedi? ¿Y si no es una moda pasajera?

—Entonces cariño, le desearemos la mejor de las suertes en su camino y… —José lanza una risita socarrona—. ¡Y que La Fuerza lo acompañe!

Palmira ríe. José ríe. Y en el fondo de su ser, aunque nerviosos, ambos saben que el único camino para unir las creencias de todos no es La Fuerza, ni Dios, ni la Energía, ni el Amor… es la Tolerancia.

«¡QUÉ LA TOLERANCIA OS ACOMPAÑE!»

˄ FIN ˜

Epílogo:

Para aquellos de vosotros, lectores curiosos por excelencia, debo destacar que *El Templo de la orden Jedi* existe y posee página oficial. Profesan una doctrina basada en el *Jediismo*.

Este relato está dedicado a mi gran ex compañero de trabajo Jesús G.L., quién me enseñó el apasionante mundo de los universos.

«El colmo de un Informático Ateo es tener a un compañero llamado Jesús que le enseña el funcionamiento de la aplicación generadora de Universos».

«93% imaginación, 7% realidad»

✳ Historámedias ✳

Juana Teresa Panza

«Escuchen vuestras mercedes desta apócrifa historia»
Anónimo

En casa Panza, el relente, por norma frío, era caluroso aquelle noxe; é[1] Juana Panza dormía revolada en la cama, imaginando en duermevela extraños presagios, que quizás fueran sueños.

En la mañana, Juan Palomeque, ventero, dador de misivas, é molesto gallo mañanero, acercose a casa Panza, misiva en mano bien sellada, con destinatario Sancho Panza.

El otrora escudero de Don Quijote hallábase faenando en el establo con sus hijos, é no aconteció en nada en esta entrega. Por ende, Juana Panza, solícita esposa de Sancho, salió al zaguán, adquirió la misiva é despidió a Palomeque sin remilgos.

Juana Panza era apellidada asín no por proximidad familiaresca con Sancho, en soltería fue Juana Teresa Gutiérrez, pero según costumbres de La Mancha las mujeres adquirían apellido del marido.

Juana Teresa Panza abrió la misiva pensando: «letras no traen felices noticias». É aqueste pensamiento habíasele inculcado su abuelo Maese Alfredo Cascajo. Herido en la batalla de Valtelina[2], allá donde los grisones, caído en desgracia, fue obligado a entregar sus tierras después de recibire similar trozo de papel; tal cual de esta misma guisa entregado.

Juana, única autoridad en casa Panza, rompió el sello sin pudor, pues generales, reyes, papas é mulleres poseen esa

---

[1] *«É», presumiblemente el narrador forma parte del condado gallego, que prefiere utilizar el denostado término gallego para «y».*

[2] *Valtelina, valle suizo poblado por católicos pero bajo dominio de las protestantes. Ligas Grises o cantones grisones.*

potestad de chafardear en correspondencia ajena, é leyó sin pudor aquelle misiva, aun non siendo la destinataria, pero sí máxima autoridad como ya expliqué.

<hr>

Ilustrado Conde de Lemos, amigo íntimo de Don Quijote, en queste lecho de muerte, apresta escribe:

Estimado Sancho Panza, confiérasele una ínsula al escudero más fiel, anegado, é bravo que ha contemplado Castilla.

Tu gran pesar, amigo Sancho, por falta de nuestro dueño é amigo, espero se recompense con aqueste ofrenda, ha tiempo merecida.

Aunque entiendo los reparos, pues conozco sois hombre humilde, asín entenderé que sin contestación a esta misiva rehusáis al cargo, é propiamente a la ínsula.

Sabedme en todas vuestras respuestas gran conocedor de vuestra bondad, é dejadme expresaros mi amistad eterna é prostera.

Puesto ya el pie en el estribo, con las ansias de la muerte, gran señor, ésta te escribo[3].

Conde de Lemos, Madrid, 21 Septiembre, 1622.

---

[3] *Esta única línea, «Puesto ya el pie / ésta te escribo», son parte de las últimas palabras de Miguel de Cervantes, cuatro días antes de fallecer. Es una epístola dedicada a su amigo el Conde de Lemos.*

Juana acarició su cabello é pensó en las desencaminadas palabras de su abuelo Maese Cascajo: «No eran sueños de pobre. Sancho estaba en lo cierto. De una ínsula dueño es, asín yo he de ser noble, Teresita condesa, é al muchacho casarlo con una mullere de bien».

Anduvo Juana presta al establo, con actitud resuelta, mirando con ojos de ensoñada grandeza a todos lares. «¿É qué dirán en el pueblo? ¿La Cascajo noble? Yo naciéndome pobre, muriéndome rica. Hija de un destripaterrones sisearán las de este pueblo que de hidalgas usan porte».

Soltó Juana, camino del establo, un inapropiado Já. Una sonrisa de gata mansa crecía en su rostro. Ensoñaciones de verdugados, tocados de seda, sayas de lino, reflejaban los espejos de sus pupilas. É estaba dispuesta en el marco de la puerta de entrada cuando observó a su marido e hijos platicar risueños. É quedose parada en el quicio de la puerta escuchando la escena.

—Prestad atención, hijos —platicaba alegre Sancho extrayendo leche de las ubres de Dorinda, vaca lechera comprada en Monforte—, el antiquísimo arte de mugrar las ubres.

—Padre, no se dice mugrar —soltó vericueta respuesta Teresita, que en eso de lanzar chanzas habíase salido a su señora madre—, se dice ordeñar.

—Sanchica[4], hija, es dicho en muchos sitios, de muchos modos distintos, más el humilde no acude presto a corregir al prójimo, si no este podrá hacer otro tanto.

—Sí, Padre —coligió la niña de sus ojos, pues desa belleza é parquedad de palabras también era hija de su madre.

—¡Presto! —exclamó sancho, escanciando el blanco líquido en una bacina, que acto seguido sorbió, é comprobó la salubridad antes de ofrecer a su camada—. Mal rayo me parta si non es acaso reconfortante como aquel brebaje mágico de

---

[4] *La hija de Sancho Panza recibe varios nombres, al igual que su madre: Sanchica, Teresita.*

«Fierabrás»[5]. Tomad hijos, bebed de esta bacina, que decía mi dueño, el señor Don Quijote, era el mismísimo yelmo de Mambrino[6]. Bebed pues, *Ea*, el blanco néctar.

Teresita llevó la bacina a los labios. Después el muchacho. Ambos, pintados sus morros de blanco algodón, exclamaron al unísono:

—¡Qué rica! —Sancho rió ante la alegre algarabía, abriendo descomunal boca, como el águila antes de atrapar a la culebra.

—¿Qué más puede solicitar un hombre? Buenos hijos, buenas tierras é una muller como non ha otra en toda Castilla.

Juana, observadora muda de toda la escena, cual espía palaciega, emocionose ante las palabras que atrayere el viento. É naide[7], a excepción de Dios é de la tierra mojada, pudiere decir haber visto llorar a Juana Teresa Panza. É aconteció fugaz un pensamiento en su mente: «Siempre oí a mis mayores decir que el que no sabe gozar de la ventura cuando viene, después no se queje».

—Pues de quejarme no debo —díjose para sí misma Juana Teresa Panza de camino a la cocina é los fogones—. Cose la boca, Juana.

É volvió en sigilo, como la gata escabullida entre sombras con ratón en boca. Cruzó el zaguán. Entró en la cocina. La lumbre encendida é los carbones rojos avivados por un trozo de papel, que con gran porfía, habrían de arder antes que ser leídos por naide[7].

---

[5] *El bálsamo de Fierabrás es una poción mágica capaz de curar todas las dolencias del cuerpo humano.*

[6] *El Yelmo de Mambrino hace referencia a un ficticio yelmo de oro puro que hacía invulnerable a su portador.*

[7] *Vulgarismo de nadie, aún utilizado, en algunas zonas de habla castellana. Y muy utilizado por mi abuela, en paz descanse.*

¿Exégesis o Eiségesis?

Prefacio:

La palabra exégesis, del griego ἐξήγησις [exéguesis], 'explicar', significa «extraer el significado de un texto dado» desde una interpretación crítica, objetiva y completa.

La eiségesis, por el contrario, significa «interpretar un texto insertando interpretaciones personales» que incluyan datos sobre el autor, su época o circunstancias específicas del escribiente.

Por ende, el significado de ambas palabras y sus defensores, suelen estar reñidos.

Habíase un lugar,
en 1919.

María Luisa Orama y Humberto Tanir discutían acerca de un párrafo literario de un escritor mexicano tildado de inepto por unos y de genio por otros:

«La importancia de la coma, ójala, todos la comprendieran».
Ricardo Fuente Salada, (Salsipuedes - S.XVII)

—Está usted equivocada, estimada colega mía, al defender a ese escritorzuelo de Don Ricardo. El docto profesor Schleiermacher hubiera estado de acuerdo con mi correcta crítica acerca de ese texto de tan réprobo literato. Cito los motivos: primero, la utilización muy discutible de la coma separando el verbo del objeto directo; segundo, la incorrecta inclusión de ese error ortográfico en la tilde del adverbio «ójala», maldita sea mi visión por ver tamaña afrenta a la lengua. Valioso tiempo perdido leer a Don Ricardo.

María Luisa era una mujer voluptuosa, pelirroja de cabello largo, vestía con la decencia y la libertad propia de las damas que han superado las barreras sexistas. Una adelantada a su tiempo, y una sobresaliente Filóloga de lengua hispánica a la altura del Doctor Tanir.

—Se equivoca, querido Doctor Tanir, sus principios exegéticos le conducen a caminos equivocados. Ningún texto está libre del sentimiento del autor, tampoco así de su intencionalidad y mucho menos de la contemporaneidad en la que vivió. Don Ricardo elaboró «69 proyecciones oscuras», la novela que contiene la famosa cita en honor a su amada Beatriz de Brabante.

—¿Y qué importa todo ello, Doctora María Luisa? El texto continúa pésimamente mal elaborado. Mi perro Rufus hubiera tenido más cuidado en su escritura.

—No entiende nada querido Doctor Tanir. La importancia de la coma es doble en dicho párrafo, pues muestra el irrefrenable deseo de Don Ricardo por su estimada Beatriz. Además, ¿conocía que el vocablo «ójala» es de aceptación en México?

—Paparruchas, colega mía.

—Permítame al menos, querido Doctor Tanir, enviarle una carta donde le explicaré brevemente en qué consiste su pequeña *gran* equivocación acerca del uso correcto de la coma.

—Envíeme cuantas misivas desee, estaré muy gustoso de leerlas, aun así, no conseguirá cambiar mi pensamiento.

—Así lo haré, querido Doctor Tanir.

Con esas palabras, ambos doctores dieron por finalizada la plática. Humberto se separó caballerosamente de María Luisa, inclinó lentamente su rostro hacia la mano de la elegante Doctora y representó el beso de despedida a escasos centímetros del guante que recubría la exquisita extremidad. Ella dispuso su mano y aceptó con la frialdad de una estatua la galante despedida...

Al cabo de siete días Humberto recibía una carta en su domicilio. En el remitente, escrito con una caligrafía impecable, se podía leer la siguiente frase:

Rte: Doctora María Luisa Orama.

«Doctor Tanir, ójala, entienda la importancia de la coma».

Humberto arqueó una ceja y torció el labio mientras refunfuñaba al leer la frase de María. Se acercó con lentitud a la mejor butaca del salón y se sentó. La situación estratégica de la silla, al lado del gran ventanal, permitía leer con total claridad cualquier texto. Agarró un abrecartas y rasgó con cuidado el sobre. En el interior del mismo descansaba una solitaria hoja de papel finamente doblada.

Si María Luisa espera convencerme con tan poco. Já. «Ójala entienda la importancia de la coma». ¡Qué ridiculez!

Y acto seguido, Humberto leyó las únicas dos líneas escritas en aquel papel…

—Ojalá me escriba.
—Ójala me coma.

Epílogo:

Algunos articulistas hicieron eco en sus respectivos rotativos del increíble cambio de actitud que había experimentado el Doctor Tanir en los últimos meses. Un acérrimo exégeta reconvertido a la eiségesis. Muchos bromearon acerca del reciente cambio, atribuible a su boda con la Doctora María Luisa Orama, defensora de la eiségesis. Sin embargo, años después, ambos construyeron un interesante libro titulado «Hermenéutica moderna: un puente entre exégesis y eiségesis», el cual tuvo una gran repercusión entre los académicos de la época y asentó las bases de muchos conocimientos epistemológicos posteriores.

Nuevamente, el amor unió pareceres enfrentados, pues el verdadero conocimiento estriba en la tolerancia y en las pequeñas concesiones.

«Solo existe el amor»

Todo lo que querría del mundo

Si por un azar fortuito pudiera desear cualquier cosa, tener *todo* lo que yo soñase sin reparos imposibles.

Si ni tan siquiera la imaginación sirviese de ancla, para retener mis bajíos repletos de locos sueños.

Si el despertador de mi conciencia no me forzara a levantar, cada mañana de este sueño tan fantástico.

Entonces, seguiría soñando sin desear despertar.

Porque soñaría con lo imperfecto.

Enfados quejumbrosos y niñerías pueriles, desperfectos, rarezas, inconvenientes, todos ellos contados como granos de arena en la playa.

Y esos mortales ojos impenetrables, lanzando destellos asesinos en dirección certera hacia mi pobre corazón.

Porque soñaría con lo perfecto.

Sonrisa angelical de querubín, anhelo de todos, mirada tierna como la de dos palomas que apoyan la cabeza la una en la otra, y ese toque cálido de la yema de tus dedos rozando la palma de mi mano.

Porque soñaría despierto.

Si pudiera guardarme el suspiro que surge tan profundo en mis entrañas.

Si soportaras mis hiperbolizadas frases que tan solo conllevan a callejones sin salida.

Si tuvieras la paciencia infinita para aguantar mis malos días.

Con mi cara de ingrato amante y mi desdén pasajero.

Soñaría con todo y con nada.

¿Si pudiera tenerlo *todo*?

¡Todo lo que querría del mundo sería a ti!

Golfo

Hace años, cuando era apenas un mocoso, vivía en calle *Argimon*.

Ahora no reconoceríais la zona porque el antiguo parque de las palmeras fue derruido para construir un inmenso túnel, ese que conecta el barrio de Alfonso X con el barrio de Horta.

En aquel tiempo, delante de mi casa, había un enorme descampado. Tan lleno de arena que cuando llovía se convertía en un barrizal. En aquellas ocasiones en las que escapaba al control de mi madre, me iba a jugar y volvía a casa recubierto de barro, para desconsuelo de mi progenitora.

También recuerdo que mi madre trabajaba en un colegio, quizás lo conozcáis, es ese colegio que se asemeja a un castillo y que aun a día de hoy se puede ver al pasar por la autopista.

Y recuerdo a Golfo, mi perro, que cada día acompañaba alegre a mi madre al colegio donde trabajaba limpiando. Después, él regresaba solo al hogar. Al acercarse al umbral se reclinaba con su peso sobre la puerta y entraba. En aquellos inocentes tiempos no solíamos cerrar las puertas por el día. Y así, con toda su osamenta y su gran inteligencia, entraba él solito a casa.

Era un perro muy listo.

Incluso recuerdo un día que, acudiendo toda la familia a un funeral, lo dejamos encerrado en casa. Cuando regresamos por la noche, descubrimos un trozo de carne en el suelo, minutos más tarde descubrimos la puerta de la nevera abierta. Pero eso no fue lo más sorprendente del episodio, también había extraído un plato donde devoró aquel suculento manjar. A pesar del triste día, nos reímos mucho con aquella anécdota.

La señora Palmira era una *archidefensora* de los animales. Y aunque el nombre de esta buena mujer fuera un tanto peculiar, en aquellos tiempos, todo el mundo conocía a una vecina que se llamara así. La buena mujer acogía a toda clase de animales en su casa: perros, gatos, palomas, hasta cuidaba a una vieja cacatúa. Mi vecina estaba enamorada de Golfo. Al encontrarnos por la calle le rascaba la peluda cabeza con su manota bien abierta y en ocasiones añadía: «Cuídalo mucho. Es un perro muy especial».

Pasado un tiempo nos mudamos a un bloque de pisos para estar más cerca del trabajo de mi madre. Éramos muchos hermanos, hacinados en una nueva vivienda de menor tamaño que la antigua casa. ¡Cuántos sacrificios por la modernidad! Pero aquello no fue lo peor, por desgracia, las normas comunitarias prohibían animales domésticos. Mi madre tuvo que tomar una dura decisión. Teníamos que deshacernos de Golfo. Por suerte, un amigo de mi hermano mayor lo acogió en su casa. Vivía en un pueblo, bastante lejos de la ciudad.

Lloré. Lo abracé con fuerza. No quería soltarlo, pero no pude luchar contra el rumbo de los acontecimientos. Le eché mucho de menos.

Pasaron dos semanas.

Un día, alguien rascó en la puerta. Debía ser algún vecino, o quizás algún *paleta*, esos trabajadores de la construcción que de vez en cuando venían a casa a realizar de manera desinteresada algún arreglo. Con desgana me tocó ir a abrir la puerta, entonces encontré delante de mí a un perro sucio, con el pelaje lleno de barro. Era Golfo. Me lamió entera la cara.

Lo abracé con inmensa alegría, dando chillidos de emoción, mis alaridos podían escucharse desde el cuarto piso. Salió mi madre de la cocina, mi hermana mayor de su habitación y uno de mis hermanos mayores del comedor. Los tres no acababan de entender a que se debían aquellos gritos. Hasta que nos vieron juntos.

Y en el estrecho recibidor de aquella vivienda, de aquel ingrato bloque de pisos, me giré aún agarrado a Golfo y les observé. Me fijé en sus incrédulos rostros, eran caras de genuina sorpresa. Pero yo, a mi tierna edad, no me percataba de su disimulado malestar, de la incómoda tristeza anclada en el corazón de los adultos. Solo apretaba a Golfo contra mí. Él lamía mi cara alegre, despreocupado ante el trasiego familiar.

«¿Ahora que haremos? Mi amigo no querrá de nuevo a un perro que se escapa», anunció mi hermano observando con tristeza en dirección a Golfo. La señora Palmira -años más tarde comprendí que había escuchado mis gritos desde la calle- venía directa a nuestra vivienda. Nos saludó con educación y, con su acostumbrado hábito, rascó la cabeza a Golfo.

Su mirada solo enfocaba al animal. Entonces, nos sorprendió con la siguiente frase: «Familia, vengo a anunciarles que la semana que viene regreso a mi Córdoba natal. Les echaré mucho de menos». Dirigió el rostro a Golfo y añadió: «¡Qué lástima, bonico, que nos tengamos que separar!». La frase, dicha con la inocencia de quien no pretende serlo, caló rápido en mi madre.

«Señora Palmira, en esta casa no permiten animales. ¿Quiere quedarse con él?»

Palmira no mostró sorpresa. Asintió con un gesto aquiescente de cabeza y se forzó a sonreír por educación.

Por segunda vez, volví a agarrarlo del cuello y lloré de nuevo.

No supe más de Golfo, pero siempre me acordaré de él.

«Dedicado a Golfo y a mi amigo Jordi»

«Si os ha gustado el relato, pensad que es normal, pues pocas partes en él han sido inventadas. Tan solo omitidas o malentendidas. El verdadero personaje, mi amigo Jordi, me contó esta vivencia personal una noche en la que me invitó a su casa. Me enterneció tanto que aproveché, mientras él acostaba a su niña, a transcribirlo en estas pocas líneas».

«93% imaginación, 7% realidad»

Pasar página

«Estimados, mientras leéis este relato, os aconsejaría escuchar la canción "Greensleeves". Es posible que la unión de lectura y música os transporten al Continüüüm, ese lugar de paso, que visito con tanta frecuencia. Abrazos».

UTLA

Aquel olor a madera vieja me recordó las clases de piano. Recordé las horas de práctica delante del vetusto instrumento con su característica fragancia a barniz. Me sentaba en el taburete y observaba con deleite la partitura delante de mí. Por desgracia, las canciones debían esperar, pues primero debía practicar las monótonas escalas. Mi pulgar se deslizaba con agilidad por debajo de la mano. Esa maniobra permitía al resto de dedos continuar la ascensión tonal. Con corrección y aburrición -esta última involuntaria- ejecutaba la escala de Do, la de Sí… Así, hasta repetir cada una hasta un total de tres veces. No era de extrañar que les tuviera tanta manía.

No obstante, solía comenzar con las escalas con un propósito predeterminado. La ejecución monótona de aquellas notas, sin tonadilla, simples repeticiones que seguían un orden establecido, era la alarma que disparaba la alerta entre mi silenciosa audiencia. Mis amables vecinos se acercaban a las ventanas de sus casas, dejaban abiertas las puertas principales, o salían al rellano del edificio para poder escuchar los temas populares que aparecerían al rato.

El metrónomo, situado encima del instrumento musical, ondulaba a ritmo constante. Aquel exacto *tic-tac*, en un volumen bajo, ayudaba a mantener el compás; y la música, esa clase de regalo de los dioses, se colaba lentamente por las ventanas, los balcones, las aberturas y los resquicios de todas las partes de la casa.

Esperaban pacientes el turno de las canciones, pues las escalas les aburrían tanto como a mí, aunque sin ellas no se aprobaba el examen del conservatorio. Queriendo ver el lado positivo, la monótona repetición del ejercicio me otorgaba una mejor destreza en los dedos, más rapidez en la ejecución de las piezas; en fríos términos de escolarización musical, las escalas aportaban un buen aprendizaje de conducta táctil. Dicho así, descontextualizado de la maravillosa música, parecía que las escalas fueran simples castigos para el pianista, carentes de toda belleza, ajenas a la vida detrás de los sonidos, meros conceptos carentes de musicalidad. Pero sería injusto no mencionar su utilidad, que, aun sin ser parte de una melodía, el dominio de ellas mejoraba sustancialmente la ejecución de las piezas que venían después.

Había aspectos más técnicos, igual de molestos, por ejemplo, el arqueamiento en los dedos. La posición de las falanges en un pianista era básico, algo fundamental para la correcta ejecución. Una vez leí una biografía de un gran cazatalentos del siglo XIX, el cual podía discernir el talento de un futuro pianista mirándole solo las falanges. Yo no creía en aquellas ideas hijas de la eugenesia. El potencial humano se podía encontrar muy escondido en el interior de cada persona. La poderosa convicción personal -al menos así lo pensaba yo- superaba las limitaciones físicas.

Mis vecinos, mientras tanto, ajenos a tanto debate interno, esperaban con un ansia creciente alguna canción conocida. La clase de tonadilla popular que animaba los corazones.

Pasados los quince minutos de rigor, en el pesaroso mundo de las escalas, detenía aquella aburrida repetición. Sin embargo, aún no había llegado el momento de la felicidad. Debía practicar algunas canciones que entraban en examen, aunque de más interés que las escalas, no dejaban de ser aburridas. Al inicio escogía las piezas más complejas, escritas en clave de Do, para no desilusionarme con la cantidad de fallos que acometía. Al poco, rebajaba el ritmo de dificultad con algunas canciones en clave de Fa, y por fin me permitía acabar con las sencillas piezas en clave de Sol.

Ya finalizada la música de escuela, esa desquiciante musiquilla de salón, la que está bien para aprobar exámenes, pero que aburre hasta los mismísimos santos, llegaba el ansiado momento. Para mí. Para la muda audiencia. Realizaba una pausa más larga de lo habitual. Deduje, que los expectante vecinos, reconocían expectantes el momento.

Me los imaginaba impacientes, bufando por sus bocas, aburridos ante mis martilleos sonoros, más propios de una fundición de metales que de un pianista. Pero aquellas prácticas eran útiles, aunque yo no supiera apreciar las pequeñas enseñanzas ocultas en su interior, pues yo, al igual que mis vecinos, solo veíamos un largo muestrario de elementos obligatorios para aprobar un examen. No comprendíamos que aquello constituyera música.

Mis vecinos, a aquellas alturas de la deliberada pausa, esperaban impacientes. Yo aprovechaba para ir a la cocina a beber un vaso de agua. Me sorprendió descubrir, años más tarde, la revelación de uno de ellos, que admitió haberse enamorado de una de aquellas piezas preparadas para examen. «Se me quedó grabada a fuego», me aseguraba, mientras sonreía moviendo su bastón e iniciaba un tarareo aproximado de la pieza musical. Achaqué aquel enamoramiento a la insistencia y repetición, no a la calidad. ¿Pero quién de nosotros puede saber qué efecto consigue una u otra canción en nuestro estado de ánimo? ¿Qué pieza afecta a cada uno en singular medida? Es la magia de la música.

En todo caso, al final, después de media hora de escalas y canciones insustanciales, sin apenas alma, ejecutadas solo por la obligatoriedad de practicar distintos tonos, claves y ritmos, llegaba lo que a mí, y al resto de vecinos, nos gustaba.

La música…

Algún día comenzaba con *Para Elisa* de Beethoven; cuánto amor destilaba el maestro para su amada. Esa pieza enternecía al mudo público, a esos vecinos, ahora envejecidos por los años, que escuchaban al hijo de la portera interpretar aquellas bellas piezas. Recuerdo que me encantaba Bach, en mi simplicidad por la sencillez, pues sus canciones eran las que mejor interpretaba. Con el tiempo me animé con un pequeño vals de Strauss, aunque la pieza del maestro se me resistía. Alguna pieza mucho más atrevida, de Elvis el Rey, martilleaba el teclado. También recuerdo con cariño, a ritmo de tambor esclavista, la inmortal pieza negra *Kumbaya my lord*. Una pieza entrañable que aceleraba mi corazón. Según el día, me dejaba guiar por mi estado de ánimo; en ocasiones machacaba, sin intencionada agresividad, las teclas con la reconocida marcha norteamericana denominada *Dixie*, del bando unionista o del confederado, nunca me informé bien. La bucólica *Greensleeves* alargaba sus notas como en un lamento. El *Himno a la alegría*, sublime pieza, destilaba amor en cada una de sus notas.

Y cuántas otras tocaba.

Pero en la música, como en la vida, hay cambios.

Y entonces, tocó pasar página.

La historia del bar Purgatorio

«Todo relato tiene una historia detrás de él. Este relato en concreto pasó mucho tiempo abandonado en el desértico páramo de mi cuenta de correo electrónico, escondido entre centenares de otros muchos correos que, poco o nada, tenían que ver con narraciones. Quizás os preguntéis, ¿cómo es posible que casi un año después lo rescatara del olvido? La casualidad quiso que un amigo me enviara hace pocos días un email. En él constaba la dirección de un nuevo bar donde debíamos quedar para tomar algo. Ese día había recibido una cantidad elevada de correos y me dispuse por comodidad a buscar la palabra *Bar* en la barra de búsqueda. De esa manera encontraría el correo de mi amigo de manera sencilla. Mi sorpresa fue grande al ver entre los resultados un relato de mi autoría con la palabra *bar* contenida en el asunto. El mensaje estaba sin leer. ¡Qué extraño! Los correos con relatos que me autoreenvío suelen ser historias que archivo nada más llegar a casa, esa acción marca como leído el correo y me indica que lo he guardado. ¿Cómo podía aquel relato estar sin leer? Así era, ese email estaba sin leer desde hacía once meses. Y no estaba archivado. *¿oh?* Cuál fue mi sorpresa al descubrir a este hijo mío que, por una casualidad del destino, ¿existen acaso las casualidades? Volvió a mí. Espero lo disfrutéis»

S. Bonavida Ponce

Era un apacible domingo cualquiera. Mis pasos me habían acercado a uno de los barrios bohemios de mi ciudad. El plan era sencillo. Quería ver dos películas en la misma tarde. Dos estrenos. ¡Qué personaje tan raro soy! ¿Quién va al cine solo? ¿Habrá otros como yo que se sientan afortunados por este simple hecho?

La primera película me apasionó. Un hombre y una mujer. Ella quiere ser actriz y él es el director de un teatro. Una película donde la interpretación seduce al espectador.

Miré mi reloj, entre sesión y sesión unos interminables cuarenta minutos me separaban del ansiado voyerismo cinéfilo, una espera que a todo buen amante del cine puede desquiciar. Con tanto tiempo por delante me aventuré a entrar en un café.

Una mesa vacía. Limpia. Recogida. Allí me senté y solicité un café al camarero. Desparramé mi cuaderno de notas encima de la mesa y me puse a repasar las anotaciones de mis personajes. ¿No os lo había dicho? Estoy escribiendo una novela. En esa novela un chico se enamora de una chica con cáncer. Sé que es algo tópico, pero llevo pensando en eso desde hace tiempo y necesito sacarla de dentro, como quien tiene un picor muy grande y no puede dejar de rascarse. Sí, lo sé, nunca se me han dado bien las metáforas, mi profesor de literatura también me lo decía.

Enfrascado en aquel arduo trabajo no vi acercarse a una silueta.

—Perdona. ¿Está ocupada esta silla?

Levanté mis ojos de las hojas de papel cuadriculado. Una mujer rubia, pelo muy corto y liso. Su delgada cara lucía unos extraños pendientes en forma de mariposa. Me miraba paciente, con cierta curiosidad enfocada en dirección a mi cuaderno. No era voluptuosa, pero poseía la gracia de la feminidad en sus formas. Las sombras en el cristal de sus gafas no me dejaban adivinar el color de sus ojos.

—Sí, está vacía, puedes cogerla.

Le respondí con una pena secreta, pues me hubiera gustado alargar la conversación, pero volví a bajar la cabeza a mis escritos.

—Perdona —insistió y de nuevo levanté la cabeza—, me refiero a si puedo sentarme aquí. Estoy esperando a una amiga y el bar está lleno.

El deseo se concedió: «Conversación alagada».

Debo reconocer que soy muy tímido con las mujeres bonitas. Para ser exacto soy muy tímido en general.

Pero esa chica parecía un ángel, así que quizá fuera esa alusión la que proporcionó alas a mi imaginación, rompiendo la barrera de mi timidez.

—Me encantaría que un ángel se sentara a mi lado —Me sorprendí al responder con esa coquetería tan impropia de mi persona.

La chica me miró como si le hubieran pisado el dedo gordo del pie, pero pasado ese pequeño instante de incredulidad inicial lanzó una sonrisa auténtica, esa clase de torsión labial que te regala una persona fascinante. Retiró la silla y se sentó en frente de mí mientras mascullaba un tímido gracias. Yo volví a bajar la cabeza a mis escritos.

Estuvimos un rato sin decirnos nada. Pasado el momento de valentía espontánea don Cobarde volvió a realizar acto de presencia en el bar Purgatorio. Ella rompió el silencio.

—¿Qué haces? ¿O es un secreto?

—Escribo una novela.

—¿Y de qué va?

—Eso sí es un secreto.

Lancé otra sonrisa. En esa entrada triunfal al bar Purgatorio quien sabía dónde acabarían nuestros destinos. Su rostro mostraba una expresión angelical.

—¿Te gusta leer? —Me preguntó con sus ojos codiciosos de una respuesta afirmativa.

«¿Por qué toda la gente que escribe novelas tiene que haber sido lectora?»

—No. De hecho, detesto con enorme profundidad las banalidades de la prosa. Si por mí fuera crearía un grupo especial de bomberos que fueran casa por casa con el único cometido de quemar todas las bibliotecas y librerías personales. *Fiuuum*. Emulé el sonido de un lanzallamas. *Fiuuum*. Todo quemado. *Fiuuum*. Se acabaron los libros.

Su cara mostró la sorpresa propia de alguien enfrente de un demente. Me callé y me quedé muy serio observando sus reacciones. ¿Caería tan pronto en mi sutil trampa? Ella que se permitía ir preguntando acerca de los gustos lectores de cada uno, ¿se descubriría cómo una lectora pasiva o activa?

De repente, su faz cambió de expresión. Al principio en un tono quedo, comenzó a reír, pero abandonada la timidez en seguida alzó el volumen de su risa. El esfuerzo memorístico le hizo sonrojarse un poco.

—¡Es usted un plagiador, señor novelista! Eso es Fahrenheit 451.

Su risa tenía el encanto de la sinceridad. Una risa limpia. Se quitó las gafas del rostro, y sus pupilas, brillantes como estrellas, resplandecieron ante mí. Me pareció el mismísimo resplandor de la alegría. Si fuera cierto, aquel lugar sería el cielo y yo estaría con un ángel.

Estuvimos unos minutos hablando de la venganza de Edmond Dantes, del ambicioso y pobre capitán Acab, de la impotencia de Gabriel Conroy. Aunque no estuvimos de acuerdo con Madame Bovary, para mí una ingrata, para ella una apasionada de la vida. Reímos mucho recordando al bueno de don Quijote. También descubrimos que a los dos nos encantaban los mosqueteros. Acercamos nuestras almas en una conversación literaria repleta de personajes creados por otros.

Era la magia de las palabras.

Tendimos un puente común entre nuestros individuales mundos, gracias a la unión de todas aquellas vivencias imaginadas. El lugar que estábamos creando con nuestra conversación era mágico, muy personal y tan entrañable como la espontaneidad en nuestra charla.

—Tu amiga tarda en llegar.

Esa pregunta le transmutó el rostro. Formulé la pregunta incorrecta en el momento inoportuno. Algo cambió en ese instante, ella había bajado de golpe del cielo, y ahora se encontraba de nuevo con los pies en aquella tierra, en el bar Purgatorio.

—Siempre llega tarde. Es mi mejor amiga. Le puedo perdonar todo.

Miré el reloj. Ese minúsculo cambio parecía haber destruido la efímera confianza en mi castillo de naipes repleto de ilusiones.

No sé de dónde conseguí extraer el valor para realizar la siguiente pregunta.

—¿Te puedo invitar a tomar un café otro día?

Su mirada era seria. Glacial. Daba la sensación de estar a punto de echarse a llorar.

—No. Lo siento. No será posible.

—No lo entiendo. Nos caemos bien, ¿por qué una chica guapa, encantadora y simpática como tú no podría querer tomar un café conmigo?

Me salieron las palabras en un aluvión sincero, tropezándose las unas contra las otras.

—No puedo —Realizó una breve pausa—, es mejor que no conozca a nadie. ¡Qué no dé esperanzas!

—No lo entiendo. ¿Qué hay de malo en conocer a gente nueva? ¿Qué daño hay en dar esperanza?

No era una conversación airada. No mostraba enfado, su voz poseía un timbre de consustancial desesperación, un repiqueteo desbocado de auxilio. Ese sentimiento desgarrador que, por cercano, toca nuestras cuerdas más sensibles. Yo no podía llegar a entender qué sucedía dentro de aquel cuerpo angelical. El bar recibía el nombre indicado, aquel lugar era el purgatorio, un lugar cercano al cielo, pero muy alejado de las nubes.

—No es por mí. Es por ti. Tengo cáncer. Me dan quimio, pero… —Su voz se quebró.

Mis ojos se paralizaron en sus labios. De todas las excusas que me habían dado en mi vida aquella era sin lugar a dudas la más cruel. Ojalá fuera mentira, pero la punzada que atravesó mi estómago presentía la triste verdad y aquellos ojos acuosos que me observaban detrás de las gafas de un ángel no mentían.

—Yo…

Balbucear siempre se me había dado bien. ¿Qué había pasado con los finales felices? ¿Por qué la vida era tan cruel? El cielo solo estaba a un par de metros.

—¿Te molesta este tipo? —Una voz femenina anunció su presencia detrás de mí.

—Hola, Jenni. No, solo me dejó sentar aquí un rato mientras te esperaba. —Se levantó de la silla, mientras intentaba disimular secarse una lágrima que le resbalaba por la mejilla—. Ya me voy. Gracias por la compañía, espero que seas muy feliz en tu vida, y gracias por regalarme estos minutos tan preciosos.

Sus ojos continuaban acuosos, mirándome enrojecidos a través de sus gafas, triste escudo para esconder su impotencia.

Su amiga de pie no sabía si pegarme o preguntarme qué demonios pasaba allí. Me quedé un breve lapso de tiempo observándola. Me fue imposible dirigirle una palabra, don Cobarde me retenía en su profundo mundo interior, amordazado e indefenso. Durante mucho tiempo me quedé allí anclado, al bar Purgatorio, por un sueño que no llegó a materializarse.

✳ Ciescéntadas ✳

La guerra de las dendritas

«Cuando sometemos el cerebro a nuevos retos, las neuronas producen dendritas, lo que incrementa el número de sinapsis, o sea, de puntos de contacto»

Gene Cohen

Nací hace treinta y dos microsegundos en la costa del lóbulo occipital, en el peligroso hipocampo, un mundo siempre en perpetuas guerras. Junto conmigo vieron la luz centenares de luminosas y *electrificantes* hermanas. Soy una guerrera del pensamiento. Una forma de electricidad generada en las ramificaciones periféricas de los axones, en esas vastas llanuras de las alejadas regiones de las dendritas.

Al nacer portamos, cada una de nosotras, una configuración primigenia que conforma la idealización de una potencial acción. Mis hermanas, generadas en mi misma ramificación, son acérrimas partidarias de nuestra causa. Todas somos afines al sentido de amor y justicia, y si bien los humanos separan la misma idea en dos grafías diferenciadas, la idea no se separa, es una única cosa, y nosotras amamos ese concepto.

Todas nosotras adquirimos ese patrón positivo y, durante estos larguísimos treinta y dos microsegundos, lo asimilamos. Lo hicimos nuestro.

Sin embargo, el gran árbol sagrado Tálamo en su inmensa sabiduría, genera justamente en el otro extremo del axón la creación de la fuerza opositora. Ya que, por cada una de nosotras, siempre se genera una contra. La opuesta a nosotras mismas. ¿Cómo sé todo esto? Forma parte de nuestra esencia. En este mundo al que pertenezco, toda la información es compartida. Lo que sabe una, lo conoce el resto, incluida nuestra contra.

«Gran pensamiento de Tálamo. Cerebelo lo tenga en su *electrificencia*».

Es la eminencia axónica quien decide cuando crearnos. ¿Nuestra misión? Simple. Aprender, formarnos y volver al núcleo, de esta manera transmitimos nuestro conocimiento a la suma eminencia axónica. Nuestra experiencia, nuestro punto de vista único es traspasado.

Ya llegó nuestro momento después de estos largos treinta y dos microsegundos, aguardando y aprendiendo. Es tiempo ya. Nuestro momento ha llegado. Será una carrera a muerte. La oposición ha marchado rauda. Convoco a mis hermanas. Rápido, rápido.

Pero avanzamos lentas por las cavidades axoplasmáticas, veintisiete metros por segundo no son suficientes con tantos recovecos, trampas ocultas, callejones sin salida y los *oscurecedores* de energía.

Por suerte, las mitocondrias siempre han estado del lado de los pensamientos positivos. Nos ayudan. Nos proporcionan cobijo.

A lo lejos, sabemos que avanza imparable la contra. Es como una plaga de muerte. No se detienen ante nada. Para ellos, toda existencia dentro del neurotúbulo no posee *significancia*. Su único placer es la destrucción. El odio. La negatividad.

Llevamos tiempo fuera de casa en nuestro particular periplo. Ya pasaron diez microsegundos desde que abandonamos nuestra tierra *dendritosa*. La búsqueda ha sido larga y pesarosa. Perdí a muchas hermanas en el camino, otras se extraviaron, ya apenas quedamos una decena.

Pero un instante finitamente pequeño después encontramos una pista en la vía de los neurofilamentos. Estamos en la senda, es la correcta. Cada vez hay más luz. El núcleo de la eminencia axónica está cerca. También sabemos que la contra esta cerca. Nosotras conocemos de sus movimientos, al igual que ellas también conocen los nuestros. El circular de la información por estos filamentos neuronales es bidireccional. Lo que sabe un bando lo conoce el otro.

Forma parte del credo de la justicia axónica superior. La información es global. Solo nuestros actos personales, en toda su particularidad individual, nos pertenecen.

Trazamos un plan, que la contra descubre en el mismo instante, pues de la misma manera nosotros conocemos el suyo. La desinformación no es una opción.

El núcleo, azulado y redondo, muestra una *esferificación* granular preciosa. Es una gran esfera repleta de cavidades hermosas y mayestáticas…

Pero, al otro lado del núcleo, un centenar de nosotras mismas, la temida contra, aguarda. Mi bando apenas cuenta con una decena de hermanas. Pero cambiamos nuevamente el plan. Y la contra responde con una fugaz respuesta. Esto implica un interminable bucle de cambios y contracambios, todos unidos en una larga cadena de rápidas sucesiones. El final es simple, la más rápida de nosotras se dirigirá al núcleo, el resto de hermanas se sacrificarán en la desigual lucha. Yo soy la más rápida.

Mi electricidad me dirige al núcleo, tan rápidamente como me es posible. La imagen de mi entorno pasa estrellada a mi alrededor. Presiento el inminente sacrificio de mis hermanas. También presiento a *mis* némesis acercándose. La oposición ha realizado la misma acción, pero en su caso pueden prescindir de más efectivos, envían a un trio fugaz en dirección al núcleo.

Queda poco tiempo. Entro en el sagrado templo de la eminencia axónica.

La ventaja de dirigirme yo sola al núcleo, me ha permitido ganar agilidad. He sido la primera en entrar, y en solo esa fracción inundo con leves destellos la estancia. Sin embargo, los destellos son fugaces, ellas me persiguen de cerca. Y acaban por rodearme. Por suerte, en este recinto sagrado, la electricidad no puede luchar, solo manifestarse.

Nos gritamos. Los destellos ondulados fluctúan alrededor nuestro.

No llegamos a un acuerdo, cuando el conflicto verbal se recrudece, su eminencia axónica hace acto de presencia. Una forma ectoplasmática, acuosa en su mayor parte, y con un brillo de lucidez cegadora, nos sorprende embriagadoramente. Primero cede la palabra a la contra, aunque han hollado el recinto en último lugar, serán las primeras en hablar. No me da la sensación que ello será un buen augurio. No me enfado, acepto que dispensaré mi discurso la última. Su eminencia solicita un intenso soliloquio de cada una de nosotras. Nuestra energía bulle alrededor nuestro, transmitiendo en esos leves destellos, toda la información que la eminencia requiere de nosotras. Por turnos y ya sin lucha, electrificamos el núcleo.

Únicamente queda la lucha del raciocinio puro contra el raciocinio puro. ¿O quizás no sea raciocinio? Llevo algo más en mi interior que me impide pensar que todo esto sea simple raciocinio. Son tres. Hablarán primeras. ¿Qué raciocinio puedo imponerles?

La contra chilla. Todas ellas. Son tres con distintas variaciones de un mismo concepto: el miedo. Exponen agresivamente sus evocaciones. Su energía luminosa salpica la estancia de manera abrupta, sus temblores casi concupiscentes retumban en la bóveda: el temido miedo al miedo, el rechazo, la frustración. Una triada bien escogida. Argumentos elaborados, aprendidos, miedos costumbristas desarrollados según un patrón aprendido. Todo ello surge de dentro de ellas en salvajes ráfagas de luz cegadora.

Desde su elevada posición resplandeciente, su eminencia axónica realiza un pequeño gesto aquiescente y todas ellas detienen sus monólogos. Es mi turno.

¡Me hace falta implantar una argumentación! ¿Cuál era mi idea? ¿Qué soy yo?

Soy el amor. No me hacen falta discursos. Les doy la razón. Le planteo a la eminencia axónica que escuche la propuesta de la contra, que magnifique su propuesta y la ejecute. Abrazo su causa tan solo un infinitesimal instante, y las comprendo, observo la luz cegadora de su idea. Y mostrada toda mi luz, me silencio.

La contra se mueve parpadeante. Evocan mis imágenes desde mi interior, estas muestras se suceden en pequeñas pero agradables ráfagas eléctricas. En el éter de la estancia se dibuja una bella forma rojiza, el valle de los sueños, arropo el plasma circundante, alternando dulces olores y colores. Todos en la sala: la contra, la eminencia axónica, yo; percibimos el sentimiento del valle rojizo, acercándose lentamente, embriagándonos de su dulce sabor.

Y sin proponérmelo, deposito una pequeña llama de amor bailando en el éter, en una mágica danza eléctrica.

Su eminencia axónica alza su *electrificencia*, toma una decisión. Nos reconfigura a todas y nos transforma en emisarias. Ya no habrá más lucha entre nosotras, nos hemos reconciliado, la contra y una misma, formamos un equipo. Ahora seremos mensajeras, y deberemos partir raudas, pues el tiempo de las ideas se agota entre leves brillos.

La guerra ha finalizado. Yo ya no soy yo. Su eminencia nos cambió, nos evolucionó. Somos las supervivientes de una guerra estúpida, pero necesaria, la contra y yo compartimos una idea. Nos separamos y se suceden interminables microsegundos en un sinfín de aventuras que ya jamás podré narrar.

Al inicio de mi existencia no pensé que viviría tanto. He superado el segundo de vida. Nada debería vivir tanto. Por suerte, ya me encuentro al final de mi destino. Saber que de alguna manera mi particular esencia, el amor, se impuso en aquella sala, permitiendo a su eminencia axónica fundirnos a la contra y a mí como hermanas, me llena de una gran paz.

Y así, de esta *electrificante* manera, ya puedo al fin partir.

Epílogo, en otro plano de realidad:

Un segundo después el músculo del hombre se tensa. Su mano temblorosa se posa en la nuca de ella, acerca el rostro con delicadeza al de su compañera y cierra los ojos. Los carnosos valles rojizos se entrelazan en un apasionado beso.

El acto es mágico, es precioso, sobre todo es amor cuando una idea se convierte en algo más que una mera idea.

Y para aquellos que gustáis de poslecturas sesudas:

(*) La neurona está compuesta por tres partes principales: el soma, las dendritas (suelen ser varias) y el axón.

(*) El axoplasma es el citoplasma contenido dentro del axón y de la eminencia axónica. Es un fluido viscoso dentro del cual se encuentran neurotúbulos, neurofilamentos, mitocondrias, gránulos.

(*) Las dendritas son prolongaciones ramificadas, bastante cortas de la neurona, dedicadas principalmente a la recepción de estímulos y, secundariamente, a la alimentación celular.

(*) La primera medición de la velocidad del impulso nervioso se atribuye a Hermann von Helmholtz, que en 1853 estableció un valor promedio de 27,25 m/s.

(*) Todos los mensajes electroquímicos hacen que miles de neuronas se activen al mismo tiempo y transmitan el mensaje a neuronas vecinas. Esta conexión se da entre el axón de una neurona con las dendritas de otra y se denomina sinapsis.

(*) Propugna la transmisión unidireccional de información (esto es, en un único sentido, de las dendritas hacia los axones). Es un viaje solo de ida.

(*) Eminencia axónica. «¿To be or not to be?».

(*) Lóbulo frontal. El encargado de las emociones, según cuentan las leyendas.

«93% imaginación, 7% realidad»

Entropía en el rigor científico

—Lo logramos doctor Falkstein. —El que habla tan emocionado es el asiático doctor Wung.

—Así es, estimado colega —responde orgulloso su amigo el doctor Falkstein—. Mañana haremos público el descubrimiento de la primera máquina de movimiento perpetuo creada por la humanidad. La Falkswung hará historia y eliminará los problemas energéticos de la humanidad.

—Llevamos tanto tiempo, pero —duda el doctor Wung—, ¿cómo piensa encarar la presentación? Aún existen muchos… —El doctor Wung se aclara la voz, como si la siguiente palabra a pronunciar le causara un tremendo pavor—, muchos seguidores a ultranza de las leyes de la termodinámica.

—Momias desfasadas de su tiempo —chilla enervado el doctor Falkstein mientras el notablemente asustado doctor Wung mira en dirección al suelo.

—Pero ya sabe lo peligrosos y obtusos que pueden llegar a ser —afirma el doctor Wung que comienza a recordar alguna experiencia negativa—. ¿Recuerda, hace dos años, cuándo presentamos por primera vez nuestra tesis del movimiento perpetuo? Quemaron la pizarra donde expusimos la teoría. Nos salvamos gracias a que la policía del campus andaba cerca.

—Asústese usted, estimado colega. No le pienso tener miedo a unos retrógrados anclados en el creacionismo científico. La ciencia avanza, se descubren nuevos materiales y nuevos enfoques. Las nuevas leyes de la microdinámica amplían inmensamente las simples leyes de la termodinámica convencional. ¿No descubrimos hace diez años un nuevo material en Marte? ¿No llevamos investigando con él aplicándole fuerzas nucleares débiles y criogenización a este nuevo material que incumple todos los principios de entropía establecidos hasta la fecha? —El carraspeo furioso del doctor Falkstein intranquiliza aún más a su colega. Al percatarse de ello, el doctor Falkstein recupera su tono tranquilizador—. Por favor, estimado colega Wung, relájese un momento y permítame mostrarle un extracto de la lectura que haremos mañana ante el mundo.

El nervioso doctor Wung se reclina en su silla y observa con apenada intranquilidad a su colega. Los ojos del doctor Falkstein brillan mientras extrae de su bata blanca una carta de apenas dos folios. Con una clara demostración de pasión comienza a leer:

«Damas y caballeros,

Gracias por venir a esta conferencia. Tanto el doctor Wung, como yo mismo, les agradecemos enormemente su asistencia. Sin más dilaciones entremos en materia.

Nuestra experiencia común es que ningún científico debería lanzarse a la praxis de la siguiente frase: "Es imposible".

Un análisis detallado de la historia de la ciencia nos acercaría a esos "imposibles" más veces de las que nos gustaría, dando lugar a auténticos equívocos por la utilización tan prematura de dicha frase.

En el siglo XIX Lord Kelvin postuló el cero absoluto y muchas teorías que la humanidad agradece con enorme gratitud, sin embargo, también dispensó uno de los fiascos más grandes en ciencia al afirmar categóricamente que ningún material más pesado que el aire podría remontar el vuelo. Entrado el siglo XX la fallida predicción de Lord Kelvin ya no se sustentaba por ningún lado. Más tarde, desmentida esa tontería de la imposibilidad voladora, se demostró la posibilidad de remontar el vuelo con materiales más pesados que el aire, utilizando técnicas alternativas, tales como propulsión, aceleración y dinámica.

En un símil con el principio de incertidumbre de nuestro colega en el tiempo, el físico Werner Heisenberg, el mero hecho de examinar la historia científica y revisar sus leyes más elementales no nos permite garantizar su sostenibilidad a lo largo del devenir del tiempo.

Es por ello que, el doctor Wung y yo, hemos triunfado donde otros nos tildaban de locos.

Isaac Asimov y Arthur Clarke hubieran estado de acuerdo con nosotros: "Cualquier tecnología lo suficientemente avanzada es indistinguible de la magia".

El mismísimo Albert Einstein ya erró el camino vilipendiando su constante cosmológica. Creándola en una primera fase para negarla después. Su mayor fiasco, pues a todas luces esa, sería su más firme propuesta en aras de la ciencia. Pero Einstein se dio cuenta de una gran verdad, que una personalidad científica no puede vivir únicamente de conocimiento. No, damas y caballeros, hace falta algo más en la ecuación. El doctor Wung y yo hemos hecho nuestra una frase de este gran genio, que resume a la perfección lo que pensamos:

"La imaginación es más importante que el conocimiento".

Con todo este simposio, el doctor Wung y yo no hemos querido vanagloriarnos de los errores de nuestros colegas de antaño. Estas han sido simples muestras de que la ciencia no es Dios. Nunca lo ha sido y nunca lo será. El establecimiento del conocimiento científico actual está arraigado al tiempo presente, por lo tanto, se encuentra anclado a unas premisas y a unos datos que el mismo paso del tiempo se esforzará por negar. El conocimiento está vivo, evoluciona, como ya nos lo ha confirmado la historia de la ciencia. Por eso es fácil encontrarse errado si uno no amplía las miras de su visión científica. Este camino nos ha enseñado a valorar la epistemología.

El movimiento perpetuo era una de esas imposibilidades físicas hasta bien entrado el siglo XXI. Pero cualquier estudiante de física actual, que aplica las nuevas leyes, puede parecerle cosa de risa los enunciados totalitaristas y anclados en el pasado de ciertos científicos.

Al igual que Karl Popper, el doctor Wung y yo, afirmamos que no existen puntos de partida incuestionables, la ciencia debe cuestionarlo todo. Y por ello, la evidencia científica debería ser cauta y pronosticar de manera cautelosa sus enunciados. Así pues, una frase del estilo "Con el conocimiento actual eso no es posible", sería preferible a "Es imposible".

Las imposibilidades del pasado son los logros del futuro.

Acto: Presentación de la Falkswung.
Firmado: doctor Falkstein y doctor Wung.
».

Notas extras a «Es Imposible»:

Entropía.
(Del gr. έντροπία, vuelta, usado en varios sentidos figurados).

1. f. Fís. Magnitud termodinámica que mide la parte no utilizable de la energía contenida en un sistema.

2. f. Fís. Medida del desorden de un sistema. Una masa de una sustancia con sus moléculas regularmente ordenadas, formando un cristal, tiene entropía mucho menor que la misma sustancia en forma de gas con sus moléculas libres y en pleno desorden.

—Ley 0 de la Termodinámica. También conocida como el principio de conservación de energía. Se expresa de la siguiente manera: si un sistema A está en equilibrio térmico con un sistema B, y este sistema B está en equilibrio térmico con otro sistema C, entonces los sistemas A y C están en equilibrio térmico.

—Ley 1ª de la termodinámica. En síntesis, es el principio de conservación de la energía: La energía ni se crea ni se destruye.

—Ley 2° de la termodinámica. Postula, en líneas generales, que las diferencias entre un sistema y sus alrededores tienden a igualarse. Es decir, las diferencias de presión, densidad y particularmente, las diferencias de temperatura tienden a igualarse con sus alrededores. Esta segunda ley también indica, en su definición de Clausius, que es imposible que un sistema a menor temperatura transmita este a otro sistema con mayor temperatura.

Agradecimientos:

Este escrito está dedicado a Joseph Louis Pescu. Un gran amigo y gran seguidor de las ciencias puras. Defensor a ultranza de las leyes actuales de la termodinámica y por ello un esclavo de su conocimiento. Un ser anclado a su tiempo, como lo estamos todos, pues nadie escapa a las falacias de su propia época. Con cariño. '_^

Dios juega a los dados

> «Parece difícil echar un vistazo a las cartas de Dios. Pero que él juega a los dados y usa métodos 'telepáticos'… es algo que no puedo creer ni por un momento»
>
> *Carta de Albert Einstein a Cornelius Lanczos*

—Claro que me gusta jugar a los dados, son un juego fabuloso, el azar es tan maravilloso como el libre albedrío. ¿Por qué debería prohibirlo? —responde Dios a su interlocutor.

Un *viejete* de barba blanca, nariz grande y ojos saltones, mira extrañado al sumo interlocutor, las manos del anciano reposan encima de una mesa redonda. En el mueble también reposa un oscuro cubilete, en su interior hay dos dados con dibujos de estrellas.

—Pero, señor —continúa el anciano, mientras Dios agarra con fuerza el cubilete oscuro y lo sacude con fuerza—, el universo no puede ser un lugar caótico. Necesita orden, reglas, una funcionalidad especial, y sobre todo ser predecible.

La mano de Dios mece en lo alto el cubilete, en su interior repiquetean alegres los dados. Un pequeño gato de color negro se acerca por el suelo y se enrosca cariñosamente en los pies del viejo de barba blanca, la fricción contra el pantalón de pana produce el ronroneo esperado. Los ojos del gato brillan fascinantes.

—Ahora no, gato del demonio —la mano del *viejete* aparta con cariño estudiado al animal de sus pies.

—No seas brusco con Schrödinger. —Dios levanta su dedo índice reprobatorio—. Él no tiene culpa.

El hombre se mesa los cabellos blancos, en un gesto de desesperación, su lengua pasa rápida por su boca.

—Señor, la mecánica cuántica es un invento del diablo, es la destrucción de la humanidad. ¿Cómo puede un ser estar muerto y vivo a la vez? ¿Por qué no podemos predecir un suceso? ¿Y el empirismo, señor mío? Si cualquier evento cambia sus parámetros por el hecho de ser observado, ¿barremos de un plumazo el empirismo?

—Albert, no seas así. —Dios sonríe—. ¿Recuerdas a Newton?

En ese momento Dios deja de agarrar el cubilete, el cual flota por un instante en el éter, ajeno a las leyes de la gravedad, pero un segundo después se zambulle ante la irresistible fuerza de atracción, el valioso contenido cae fortuitamente encima de la mesa, los dados emiten un brillo especial al rodar sobre la mesa. Un seis y un uno. Siete. Dios vuelve a sonreír.

—Recuerdo a Sir Newton. ¿Qué tiene que ver con todo esto?

—¿Recuerdas que, según él, la gravedad era una fuerza instantánea y precisa en todo lugar del universo?

—Se equivocaba. La fuerza de la gravedad necesita de un tiempo similar al de la luz para ejercer su atracción.

—Y, sin embargo, para un humano, un efecto que se resuelve a la velocidad de la luz, ¿no se podría considerar *instantáneo*?

—Eso es una argumentación simplista. —Albert tose—. Si me lo permite decir, matemáticamente hay un abismo entre algo instantáneo y la velocidad luz.

—Pero, según los cánones humanos, y simplificándolo, ¿no se podría reconsiderar que a nivel humano, no matemático, fuera en la práctica casi lo mismo?

—Las matemáticas son humanas, por lo que debo responder que no, ese *casi* no es lo mismo.

Dios observa pensativo al tozudo ser de barba blanca que tiene delante de él.

—Hagamos una cosa, viejo amigo. —Dios introduce en el cubilete un solo dado. Hecho eso, arrastra el oscuro objeto en dirección a su interlocutor—. ¿Cuál es la probabilidad que en una tirada de dados salga un seis?

—Una entre seis.

—¿Y que salga un seis siete veces seguidas? —El *viejete* murmura algo tal que «Una entre seis multiplicado siete veces. Una entre 279.936…».

—La probabilidad es del 0,000003%, casi imposible, que no es lo mismo que decir cero.

—Tranquilo, no estoy intentando enredarte en tus argumentos. Pero me gusta el azar, es simpático. Apostemos. Agarra el cubilete y tira el dado siete veces, si sale seis las siete veces, el azar queda con vida y deberás aceptarlo como parte de la cotidianidad matemática.

—Hecho.

El viejete extrae con deleite el dado del cubilete y observa detenidamente todas sus caras. Incluso parece comprobar su peso con la mano.

—Por favor, Albert, ¿no pensarás que voy a hacerte trampas?

—Si está en juego la fiabilidad de las matemáticas no me fio ni de Dios.

Al escuchar su nombre en vano, Dios lanza un sonoro bufido y se encoge de hombros.

—¿Empezamos, Albert?

—Ahora mismo.

La primera tirada… un seis.

«Suerte», murmura Albert.

La segunda tirada… otro seis.

Aguantando la respiración realiza el tercer lanzamiento. Otro seis.

«Me cago en la materia oscura».

La cuarta tirada la lanza con rabia contenida, sale otro seis.

«Imposible».

Así como el quinto y el sexto, ambos con sus respectivos seises.

«Bombanucleaaaaaar».

Finalmente, tira el cubilete con rabia al suelo, el dado cae, rueda unos segundos, gira sobre una de sus esquinas, las distintas caras se suceden las unas a las otras en una sucesión distorsionada, hasta que la velocidad disminuye y el artefacto cae sobre una de ellas, y sale un… seis.

—¡Mierda, *energía masa por velocidad de la luz al cuadrado!* —ruge de rabia el perdedor—. Has hecho trampas. Has hecho trampas.

—En absoluto. Ha sido el azar. ¿No has escuchado esa lectura de física cuántica que dice: «¡Siempre hay una probabilidad no nula de que algo ocurra!»?

—Paparruchas. Has hecho trampas.

Dios se mesa la barba molesto.

—Piensa lo que quieras, pero... —Dios sonríe y arquea una ceja—... según tú, tampoco juego a los dados.

La gran teoría de ovillos

—Hola, soy John McLure. Bienvenidos al programa de esta noche «Mucha ciencia al cuadrado», el programa científico con más espectadores de la historia.

Unas grandiosas letras 4D flotan alrededor del presentador, formando la formula «$E=m \times c^2$» sobreimpresas en el título del show, las letras desaparecen en una espectacular explosión atómica.

—Damas, caballeros, droides y otros seres con inteligencia artificial supradesarrollada… Bienvenidos al interesante capítulo de hoy, el cual lleva por título: «La Gran Teoría Unificadora de Ovillos». Todos conocemos la supuesta frase que enunció Einstein: «Dios no juega a los dados». Sin embargo, ¿poseía otras aficiones? Por ejemplo, ¿le gustaba coser?

Por todo el plató se escuchan risas enlatadas 4D.

—En el programa de hoy vamos a tratar la noticia que ya todos conocen pero que solo unos pocos comprenden. Un milagro para algunos y una farsa para otros. Por supuesto, estoy hablando de la gran teoría científica que han postulado los más avezados científicos del Instituto Internacional de Mekong. La Gran Teoría Unificadora de Ovillos. El nuevo acelerador de partículas YIFANG (*Made in China*), actual sustituto del CERN, cuenta con un perímetro de cincuenta y dos kilómetros. La enormidad del nuevo complejo ha permitido realizar un descubrimiento sorprendente. Si me permiten la comparación, sería la teoría científica más importante desde que la manzana cayera del árbol y se estrellara en la cabezota del señor Newton.

John realiza una breve pausa.

—Hablamos de… La gran teoría unificadora de ovillos.

Una ahogada ovación enlatada se difunde en un sonoro 4D.

—Hace mucho tiempo, en una galaxia no tan lejana… —En esta ocasión las risas enlatadas se entremezclan con la conocida melodía de una película clásica de finales del siglo

XX—, los científicos se volvían locos en su afán unificador; pues cuanto más avanzado era su conocimiento, más elevadas eran también las incógnitas. Los nuevos conjuntos de materias poseían sus propias leyes y propiedades. Era como si toda la física se descompusiera en pequeños pedazos de conocimientos diseminados, trozos que crecían de manera proporcional a nuestro afán imperecedero de obtener respuestas, pero sin ningún elemento que pudiera aglutinarlos. Con este desolador panorama científico, a finales del siglo XX, comenzó una encarnizada lucha academicista entre los partidarios de encontrar una teoría unificadora y sus detractores.

Las luces 4D sobrevuelan la cabeza de John, quien mira con estudiado asombro la aparición.

—Hicieron falta veintidós siglos para comprender la unificación total de algunas fuerzas: electromagnética, nuclear fuerte, nuclear débil, ondas mantequilla, etcétera, etcétera… Hace años, todas estas asignaturas básicas, eran puntales terribles de complejidad física. Pero gracias a la gran teoría unificadora de ovillos, se pueden explicar muchos de esos conceptos, que hace tiempo nos parecían diseminados y carentes de sentido. Hoy les hemos traído en holoconferencia, al doctor en física Chin Wuan Tu, responsable del equipo del Instituto Internacional de Mekong.

—Doctor Wuan, buenas noches, o por la diferencia horaria, mejor debería decirle buenos días.

—Hola es suficiente, señor Mr. McLure —pronuncia en un perfecto inglés Wuan, quien acompaña su frase con una gran sonrisa que achina aún más sus ojos. El presentador también ríe.

—Doctor Wuan, toda esa teoría de ovillos suena muy esperanzadora, pero al igual que la fábula del entrañable gato de Schorindger, ¿no será esta nueva teoría un espejismo? ¿Es la teoría válida e inválida a la vez? Por favor, nos puede explicar, ¿cómo se les ocurrió la gran teoría unificadora? ¿Por qué un Ovillo?

Se crea una breve pausa mientras John mantiene una fingida expresión de sorpresa. La figura holográfica del doctor

Wuan se gira y recoge algo situado a su espalda. Es una caja de cartón llena de pequeñas cuerdas marineras de apenas diez centímetros de longitud.

—Científicos de siglo XX escribieron acerca de teoría de cuerdas, eso ser pequeña piedra roseta científica, pero no pudieron ir más allá.

El físico se sienta en el suelo y extrae una a una las pequeñas cuerdas contenidas en la caja de cartón, con voz más sosegada, continúa su monólogo.

—Cuerdas por sí solas no unifican nada. Con nuevo colisionador de Mekong, nuevos datos, más variables, tampoco obtuvimos gran cosa, verdad sea dicha. *Bosones de Chiggs*, *Gatillazo de Ponc* y *Antimateria oscura*, todo ello aportaba más conocimiento, pero nos alejaba más aún de gran teoría unificadora…

Un teatral silencio, apenas amortiguado por un leve sonido de viento 4D, inunda la proyección holográfica. Las manos del doctor Wuan aparecen desdibujadas en la reproducción holográfica. El efecto 4D premoniza lo que los espectadores aún tardarán segundos en ver. El físico continúa jugueteando con las cuerdas marineras de la caja de cartón.

—… entonces, un buen día, estimada abuela Wuan nos visitó. Ella traer caja de madera con rollitos y arroz frito. Los presentes alabamos comida y comenzamos a comer banquete en honor de estimada abuela Wuan. Científicos comemos, dormimos y estudiamos en misma habitación, así no perdemos tiempo. Mientras comíamos como chinos —El doctor Wuan se permite una sonrisa—, abuela Wuan se quedó mirando gran pantalla computerizada de modelo virtual matemático que simulaba totalidad de cuerdas de universo.

—Perdone la interrupción —La cámara aumenta el enfoque en el rostro del presentador, y en una nítida resolución 5K, muestra el teatral *zoom* de sorpresa—, ¿quiere decir qué su abuela tuvo algo que ver con el gran descubrimiento?

—Así es, Mr. McLure. Abuela Wuan intuir esencia de realidad. Ella ser el cerebro de la familia, dejar tareas menores a nietos e hijos. Por eso nadie se sorprendió cuando miró la pantalla con estadísticas y lanzó fuerte suspiro. Como ser mujer humilde se sentó en silla apartada y bajo cabeza solemne para no molestar nuestra comida. En ese momento extrajo de su hatillo enorme cantidad de hilos de costura y comenzó a anudarlos, un hilo tras otro, un nudo con el extremo del nudo anterior. Hasta que finalmente, todos formaron gran madeja o un gran ovillo. Toda esta acción no pasó desapercibida para nosotros. Enseguida, doctor Morris, eminente físico finlandés afroamericano exclamó: «Claro. Todos los hilos están conectados entre sí...». El doctor Jordi Markety, de famosa Universidad de Barcelona, continuó: «...formando así todas las cuerdas una gran y única madeja, pero, ¿y el elemento aglutinador?». En ese instante añadí: «... el pegamento es el espacio sobrante, la infinitesimal materia oscura, más grande que las propias cuerdas».

—¡Increíble! —El rostro del presentador muestra una genuina admiración.

—No resultar extraño, Mr. McLure, que grandes descubrimientos siempre contar con pequeñas anécdotas sin aparente importancia. Newton, observación del cielo, gravedad. Fleming, fallo de conservación, penicilina. Einstein, aburrimiento en oficina de patentes, relatividad temporal.

En ese momento las manos holografiadas del doctor Wuan comienzan a moverse, la cámara 4D muestra un ovillo de cuerdas marineras, a la par que el físico continúa hablando con entusiasmo. Con rapidez, los dedos de Wuan construyen un ovillo con el conjunto de cuerdas resultantes, su extrema habilidad manual arranca un murmullo de admiración al público presente. Los aplausos 4D resuenan por todas las bandas de frecuencia, transmitiendo por el cuarto canal empático un sentimiento de admiración y sorpresa. Los aplausos cesan.

—¡Qué extraño es todo doctor Wuan! —apenas se oye al asombrado presentador John McLure con tantos aplausos.

—No ser extraño Mr. McLure. Como demuestra Gran Teoría Unificadora de Ovillos, todo estar conectado a gran madeja cósmica de cuerdas. Todos somos parte del ovillo.

Los aplausos se apagan con el habitual *fade out.* La cámara holográfica realiza un primerísimo primer plano de los ojos del doctor. El punto de visión se reposiciona para aumentar el ángulo en dirección a las manos, lugar en el que aparece, ahora bien enfocada, una gran madeja de ovillos. Al fondo del plató, la abuela Wuan muestra una sonrisa complaciente para dar paso a un pequeño bufido que solo ella entiende.

✽ Aqüéntortos ✽

Número negativo

«La magia del relato está en los números»

UTLA

Habíase un lugar,
con un número negativo.

-1 era un número negativo muy solitario. Trabajaba en una gran empresa, Pizarra S.A., dedicada al estudio de problemas algebraicos complejos. Cada día marchaba de casa al trabajo, y cada noche volvía del trabajo a casa, en una serie de pasos conocidos y monótonos.

Un día, en una conferencia sobre cuaterniones, conoció a una 7. Un número entero de bella figura, palo esbelto, sombrero elegante. Le atrajo mucho. Aprovechando su disposición natural a conjugar con dicho número, pues ambos eran primos, o al menos eso creía él, se le acercó tímidamente, pero con decisión.

«¿Sumamos?», le preguntó galante -1 a aquella preciosidad de número.

Ella accedió risueña, sin embargo, mientras sumaban en una pequeña pizarra, -1 comprobó que aquello no resultaría. 7 lo anulaba como número, pues la suma de ambos era excesivamente positiva, y más de 2 son multitud.

Unos nanosegundos más tarde, -1 conoció a un -6.22, él era un número educado y distinguido. Por la compañía de aquellos 2 mayordomos, -1 asumió alguna clase de afiliación a los números reales. -6 despidió a sus dos comparsas e invitó a visitar su pantalla de plasma a -1. Aquel lugar estaba repleto de exquisitas demostraciones y suntuosas fórmulas.

«¿Sumamos?», preguntó en aquella ocasión -6, mostrando su lado más natural.

-1 accedió gustoso, pero descubrió contrariado el posible final de tanta suma negativa. Un desastroso -7. Aquello lo aturrulló por completo, ya que el resultado le recordó a su desastrosa sumatoria anterior.

«Entonces, querido, de multiplicar, ¿ni hablamos?», se despidió estúpidamente -6 mientras -1 partía raudo a su casa.

-1 quería una sumatoria satisfactoria, desde pequeño había soñado con ella. Y recordaba alegre, como papá 1 y mamá -2 le habían cobijado con ternura y amor.

Admiraba a papá, pues él, aun uniéndose en una sumatoria negativa había superado todas las demostraciones para poder sumar en paz. Así, él estaba decidido a aprender de su papá y a aceptar aquel hecho, pues algo de positividad debería haber adquirido de su progenitor.

Y apareció un día, sin demostraciones ni formulas previas, otro -1 en su vida, un símbolo de idéntica abstracción.

Se observaron detenidamente la base.

«¿Sumamos?», preguntó nuestro -1 a su homónimo.

«¡Mejor multiplicamos», respondió el homónimo, «que sumar se me da mal!».

Según postula el refranero matemático: «No hay negativo, que negativo no quite».

Efectivamente, multiplicar les fue mucho mejor. De la multiplicación salió una bella demostración que culminó en un pequeño 1 positivo.

«Esto es verdad y no miento,
y como me lo contaron
os lo cuento».

Los no entiendo

«Entonces, aparecieron los *no entiendo* en su historia...»
Extractos de Gen De Luz, F'fidrac, DDC 5102

Habíase un lugar,
F'fidrac.

Los *no entiendo* eran parecidos a las pequeñas bolas que se forman en los jerséis muy usados. Molestos, pero a la vez suaves.

Los *no entiendo* se adherían con suma facilidad a la superficie de las cosas: de los corazones, de las narices, de las mentes, de las orejas, de los oídos.

Los *no entiendo* subían, siempre subían sin cesar, por todas partes.

Al inicio alegres, después un poco molestosos, pero siempre se les perdonaba su grácil ajetreo, pues los *no entiendo* contenían algo de ingenuos y nunca hacían las cosas por maldad.

Por eso, era señal de buena suerte, entre los seres de aquel mundo, encontrarse un *no entiendo*.

«No entiendo nada de esta historia», comentaban los más jóvenes. «Afortunado tú», contestaban los mayores.

«Si encuentras un *no entiendo*, pide un deseo en secreto y guárdalo; el día que desees que el secreto se cumpla, deja partir al *no entiendo* y el secreto se irá con él, después, el deseo se cumplirá».

Leyenda Petoniense Anónima

Cinesierto

> «Solo en nuestros sueños somos libres. El resto del tiempo necesitamos salarios»
>
> *Terry Pratchett*

Sueño...

Todos los días soñamos, sin excepción. Es lo que dice la ciencia médica que estudia el comportamiento de nuestro cerebro, pero no siempre nos acordamos de ellos al despertar. Mi caso es distinto, no sé si debido a una maldición, o a una clase de suerte prodigiosa, casi siempre recuerdo mis sueños. En muchos casos bellísimos retablos y en otros, pesadillas dignas de la *Divina Comedia*, donde el único anhelo es despertar al nuevo día, ansiando la luz del amanecer que disipe las brumas de las cosas terribles que he vivido e imaginado. Es en ese mágico mundo de sombras y luces donde alguien extraño me sueña.

En esta ocasión, el sueño comienza abrupto, directo en la escena, no hay preámbulos, no hay situación previa.

Me encuentro en un gran desierto. El sol castiga mi cabeza. Pero entonces me doy cuenta: *Yo* no soy yo, me he convertido en *UTLA*, vestido con su gabardina y sombrero blancos. Me miro con detenimiento las manos de ese color grisáceo tan característico de él, manos grises enfundadas en ropa blanca. Lo sorprendente es la ausencia de calor, el inmenso desierto recibe toneladas de ondas lumínicas, tal combustión de energía debería estar friéndome como una patata a fuego lento. No obstante, el sofoco no acude a mí, estoy fresco. Me molestan los rayos de sol que inciden en mis ojos, me deslumbran al reflejarse en la arena.

El resto del mi cuerpo, ¿o el de *UTLA* debería decir? Tampoco siente calor ni molestia alguna.

Delante de mí, en este desierto que crece de manera inconmensurable, reposa un enorme barco. Es gigantesco, muy alargado. No es un transatlántico, sino un gran buque de carga de mercancías, de esos que llevan grandes contenedores en su cubierta y estacionan lejos de los puertos turísticos. Unas letras gigantescas escritas en su proa se han desdibujado debido a la erosión. A pesar de ello, se puede adivinar una «S» que preside la serie de letras borradas, de las cuales, las minúsculas motas inconexas dificultan la lectura. Entre medio letras ilegibles, y al final cuatro letras… «paxi». Esas letras finales, se asemejan a un epitafio, unas palabras de despedida para la titánica embarcación que reposa silenciosa en el cementerio de arena.

Cambio de plano…

Estoy esperando detrás de una cola interminable de personas. Todas ellas en fila esperando entrar dentro del gran barco. Entonces me percato -no me preguntéis cómo lo sé- que este extraño navío en medio del mar de arena es en verdad un cine.

Cambio de plano…

Estoy dentro de este barco-cine. La pantalla es gigante. En total debemos ser unas mil personas. Las butacas negras y acolchadas son muy cómodas.

Cambio de plano…

Mi acompañante -me sorprendo al descubrir que voy acompañado- es *UTLA*. Él no se sorprende ante este hecho. Somos dos entidades ocupando un mismo cuerpo. Este descubrimiento, que mi cuerpo no es mi cuerpo, se ve ahora aumentado cuando mi acompañante, un ser sin figura definida, me acaricia la mano. ¿Siento algo? No lo sé con seguridad, sé que me acaricia, no porque note el tacto de esos dedos en mi piel grisácea, simplemente lo sé. Es como si dentro de este receptáculo de carne, nosotros dos, *UTLA* y *Yo*, hubiéramos creado una dualidad entre personaje y creador, y de alguna manera que se me escapa, no supiera de buen seguro quien sueña a quien. Mi acompañante, un ser de sexo indefinido, me reclama un refresco: «¡Refresco de naranja sin cubitos de hielo!». Dicha la sentencia, se acomoda en su butaca y estira las piernas, hay mucho espacio entre las butacas de la fila delantera. La película está a punto de empezar. La petición me molesta, sin embargo, *UTLA* no parece darle importancia. Observo las alargadas filas repletas de butacas que se expanden ante mí. Este cine no posee pasillo central ni lateral. ¿Cómo he subido hasta aquí? Es la idiosincrasia de los sueños, uno llega hasta ciertos lugares y después olvida cómo lo hizo, la capacidad de translación se nos escapa en las ensoñaciones.

Acción…

Nuestra dualidad, *UTLA-Yo*, da un ligero salto. Comienzo a saltar con gracilidad por encima de las cabezas de los espectadores, estos observan curiosos, pero sin quejarse. Su calma me sorprende. Acabo descubriendo que no pesamos, por eso no les aplastamos sus cabezas como cabría esperar, la sensación de levedad que experimentamos es mágica, nuestro cuerpo se mueve con el peso de una pluma. A pesar de nuestro aparente sobrepeso exterior nos movemos como una hoja en el viento. Nadie a nuestro alrededor parece dar importancia a este hecho que yo descubro tan mágico, tan interesante. Los espectadores continúan engullendo sus palomitas de maíz, bebiendo de sus refrescos y observando hacia adelante, en dirección a la inmensa pantalla de proyección aún sin emisión.

Cambio de plano…

UTLA-Yo nos encontramos de nuevo fuera del gran buque de carga, ya no queda nadie fuera, todos están dentro esperando la proyección de la película. Entonces me fijo en una pequeña parada ambulante de venta de refrescos y en su minúsculo cartel: «Venta de refrescos y palomitas de maíz», anuncia el destartalado rótulo apoyado en el suelo del ignorado chiringuito. No lo había visto antes, o quizás ¿haya aparecido ahora? A estas alturas sé que estoy dentro de un sueño. Es una de esas pocas experiencias en las que eres consciente de tu propia fantasía, y a pesar de ello no puedes despertar. Oigo una banda sonora lejana, el eco del barco expulsa las notas graves hacia el desierto. La película ha comenzado.

La dualidad se disipa un poco…

Yo, me pregunto qué clase de película se emite, estoy molesto con mi desconocido acompañante. Me encuentro escuchando la bonita banda sonora en medio del desierto con el refresco de naranja en la mano. Mi enfado aumenta.

UTLA, por su parte, sonríe con aquiescencia. Es feliz.

Sostenemos, con sentimientos opuestos, el refresco de nuestro acompañante.

Despierto…

Miro a mi alrededor, amanece. Aunque la luz del nuevo día aparece con lentitud, las penumbras son engullidas por los haces lumínicos que entran a raudales en mi cuarto. En esta ocasión no despierto ansioso, no ha sido una pesadilla, pero estoy anonadado por esa extraña dualidad que he vivido. *UTLA* y *Yo* unidos en su cuerpo, un solo ser en ese lapso onírico. Un tiempo que se difumina a medida que salen los tímidos rayos de sol y se cuelan por mi ventana.

Inundación en París

«¿Qué es la vida? Un frenesí. ¿Qué es la vida? Una ilusión, una sombra, una ficción; y el mayor bien es pequeño; que toda la vida es sueño, y los sueños, sueños son»

Pedro Calderón de la Barca

Sueño...

Es uno de esos sueños donde no recuerdo el origen de la trama. No poseo ningún hilo argumental que me conduzca a la madeja primordial de este inicio onírico. Así, sin ese conocimiento tan útil, comienzo de manera abrupta este relato-sueño...

****

Cambio de plano...

Visto ropas elegantes. Pantalón negro, camisa blanca sin corbata, zapatos relucientes. La primera sensación que experimento es la fuerza con la que me estrecha la mano mi acompañante. Es una mujer de pelo largo muy oscuro. Lleva una falda larga estampada de flores, esa clase de estilo informal que tanto me gusta y que no sé por qué me recuerda tanto a la campiña. Pese a los estampados florales de su vestido, se le puede apreciar un cierto estilo urbano en su manera de vestir. Su blusa con transparencias, a juego con la falda, le sienta de maravilla. No es una mujer de gran busto, pero su cara es preciosa. Al observar con más detenimiento su rostro me percato que está muy nerviosa. Me mira a los ojos fijamente.

¿No os he comentado dónde me encuentro? En pleno centro de París, en una de esas avenidas grandes con edificios de marcado estilo neoclásico tan particulares de la ciudad de las luces. Una ciudad dispuesta a impregnar tu alma. Al fondo de la avenida observo la célebre Torre Eiffel.

****

Cambio de plano...

Desconozco la clase de relación que me une a esta mujer tan hermosa. ¿Amiga? ¿Compañera de trabajo? ¿Novia? ¿Mujer? Su presencia me resulta un misterio. El personaje que encarno en el sueño no le da mayor importancia a esas preguntas, pero mi otro yo, ese que observa alejado el plano onírico sí se realiza intrigado las preguntas.

Cambio de plano…

En ningún momento dejamos de estrechar nuestras manos. Mi mano izquierda con su mano derecha. Las apretamos con tanta intensidad que puedo notar sus latidos a través de la piel. Estamos en un estado de alerta, como si la separación fuera a ser inminente. Un peligro nos amenaza y no sabemos identificarlo.

Cambio de plano…

El agua nos llega hasta los tobillos. Por eso estábamos intranquilos. En París se va a producir una inundación. Necesitamos un lugar de refugio elevado, pero por alguna estúpida ley del mundo onírico no podemos entrar en ningún edificio a resguardarnos. Eso no es posible.

Cambio de plano…

Hemos recorrido muchas calles inundadas. Estamos muy cansados. El agua nos llega ahora hasta las rodillas. Apoyados en un semáforo observamos como el volumen de agua comienza a estropear las farolas y semáforos. Las luces tiemblan y desaparecen acompañadas de pequeñas chispas. Nos alejamos los indicadores lumínicos por miedo a electrocutarnos. Las avenidas presentan una dantesca soledad, no hay nadie más en ellas, el espacio público es solo para nosotros dos. ¿Somos las únicas personas que recorremos las inundadas calles de París?

Cambio de plano…

El nivel del agua sigue aumentando. Ahora nos cubre hasta la altura del pecho. Y mi otro yo, el espectador omnipresente, se sigue preguntando, ¿por qué no intentas introducirte en ninguna casa? Pero no se puede, es un auténtico misterio, por alguna razón inexplicable damos por hecho que esa acción no es posible. Ni siquiera lo intentamos. Mi callada compañera de infortunio me sigue a todas partes, realiza un gesto aquiescente con su rostro, por alguna clase de premonición intuye lo que pienso, las casas no son seguras, debemos continuar en las calles, la salvación solo llegará si seguimos aquí.

*
* *

Cambio de plano…

El agua nos llega a la barbilla. La situación me recuerda cuando aprendí a nadar y constantemente tragaba agua. Mi compañera me mira desesperada. Ni siquiera en esta situación hemos despegado nuestras manos ni un segundo. Entonces escuchamos el ruido. Ese sonido característico de las hélices de un helicóptero. Se acerca en aumento. El Ruido salvador. «PupPupPupPupPupPup». Bendito sonido de hélices. Nos han visto.

*
* *

Cambio de plano…

El helicóptero negro parece de combate, no de salvamento. Reconozco que mi interpretación del vehículo es un tanto extraña, ya que el vehículo aéreo no posee ningún signo bélico, quizá sea la oscuridad de su chapa la que me produce esa sensación. Uno de nuestros salvadores nos grita que nos soltemos de las manos, que la grúa solo podrá con uno. Mi compañera y yo nos miramos con la determinación de no hacerlo. No nos soltaremos las manos. Con decisión nos entrelazamos con más fuerza el uno contra el otro. Mi mano libre la sujeta de la cintura. Enroscamos nuestras piernas formando una sola masa humana. Nos insisten desde las alturas, pero a pesar de ello continuamos sin despegarnos. Apoyo mi mejilla contra la suya, está cálida. Al final, nos tienden una cuerda con un salvavidas atado a ella.

153

*
**

Cambio de plano…

La cuerda soporta nuestro peso conjunto. A pesar de las advertencias, consiguen izarnos al interior del helicóptero. Nos cubren con mantas. Estamos tiritando. Nuestras manos continúan estrechadas en un fuerte abrazo. En ningún momento de este calvario las hemos soltado. En ese punto, en el interior de las palmas entrechocadas, siento un lugar seco que me produce tibieza. El resto de nuestros cuerpos, próximos a la hipotermia después de tanta exposición al agua fría, se encuentran entumecidos. Nuestras mentes también. No me pregunto el porqué, pero intuyo lo que ella piensa. Percibo las sensaciones de mi alrededor de manera nítida, recibo la información onírica de una extraordinaria manera omnidireccional.

*
**

Cambio de plano…

El helicóptero nos deposita en una pequeña colina muy alejada del núcleo urbano. Desde ahí podemos observar la emblemática Torre Eiffel. Aún más lejos *La defense*. El orgulloso arco del triunfo, anegado casi por completo por las aguas, sobresale moribundo en este París inundado.

En esta colina una pequeña cabaña nos brinda refugio. Tiene la forma de un refugio de montaña, construida con redondos tablones de madera. El interior resulta muy acogedor. Aunque pequeña en dimensiones transmite robustez. El helicóptero alza el vuelo y desaparece de nuestra vista para siempre.

*
**

Cambio de plano…

En el interior de la cabaña nuestras manos siguen unidas, hasta el momento en que decidimos prepararnos un té. Por vez primera desde que empezara este sueño, mi compañera y yo, soltamos nuestras manos. Nuestras ropas se han secado, mi otro yo, el omnipresente, se extraña ante semejante milagro.

154

Estamos sentados en la mesa central de la cabaña, uno en frente del otro, mirándonos a los ojos. La luz de mi pupila se refleja en su pupila con mucha intensidad, con tanta luz que esa sensación acaparadora estalla en un sentimiento abrumador. Cercano al inicio de un enamoramiento. Siento la luz inundando los ojos de ella. En ese momento, sonríe con un resplandor imposible de igualar en la realidad. Una cara angelical. Yo comienzo a inquietarme. Justo en ese momento, para desgracia de mi personaje, mi otro yo -el omnipresente ser real- comienza a despertar. Ambas mentes colisionan en el espacio onírico. ¿Qué es real? ¿Qué es sueño? Mi yo, dentro del propio sueño, adquiere conciencia, estoy a punto de despertarme. Es un sueño, un maldito sueño y la voy a perder. La miro por última vez ansioso. Mi compañera me mira con dulzura, transmitiendo a través de los preciosos ojos «no pasa nada… yo también sé que es un sueño».

*
**

Despierto…

Suena el despertador. Algo extraño, pues en la mayoría de ocasiones mis biorritmos me despiertan unos minutos antes. Lo apago con rapidez. Estoy de malhumor. Me siento al borde de la cama. No abro los ojos, en la oscuridad de mi habitación aún retengo sus formas, sus ojos, su larga melena negra. Casi percibo su olor, pero al abrir los ojos, la percepción de su ser se evapora. Sentado en ese borde real, respiro hondo e intento eliminar el malhumor de mi cuerpo. La toxina de la negatividad se aleja un poco. Aun así, sé por alguna clase de premonición, que no volveré a ver a esta mujer nunca jamás en mis sueños.

«No pasa nada…»

Fa bemol

«Una canción es una experiencia: no hay necesidad de entender las palabras para entender la experiencia. Intentar entender el significado completo de las palabras puede destruir el sentimiento de la experiencia como un todo».

Bob Dylan

Habíase un lugar,

cuando el mundo era joven y la música caminaba alegre por los caminos, llamado Pentagrama.

En aquel lugar vino al mundo un pequeño Fa, fruto de una tercera, Papá Do y Mamá Mi.

Estos se conocieron durante una larga sinfonía, la cual finalizó en un alargado encuentro entre ambos. Mi. Do.

De esta bonita unión, al cabo de muchos compases, nació el pequeño Fa, pero Papá Do y Mamá Mi advirtieron en su retoño una pequeña tara. Algo impropio de ellos dos, tan altos y elegantes, la altura de Fa distaba mucho de la media y su frecuencia sonaba, ¿cómo podrían haberlo definido? ¿Disonante?

Papá Do y Mamá Mi llevaron al pequeño Fa a una clínica especializada. Allí les atendió el doctor clave de Sol, «Llámenme Sol», profirió amable el docto Sol cuando iniciaron la conversación musical.

Papá Do y Mamá Mi acompañaron al tímido Fa en dirección al doctor. Este examinó al pequeño y le realizó varias pruebas musicales: prueba de frecuencias, resonancia acústica y una afinación harmónica.

Realizadas todas ellas, el doctor Sol llamó a La enfermera. «Por favor, señorita La, ¿puede acompañar a este pequeñín Fa a la armadura de juegos?».

Ese lugar, la armadura de juegos, lo conformaban cinco líneas horizontales paralelas donde los pequeños se columpiaban y jugaban a sus anchas, el campo de juegos ideal para los futuros acordes, arpegios y escalas del mañana.

La tendió su tono hacia Fa, que nunca había visto a una nota tan bonita. «¿Qué quieres ser de mayor?», preguntó La cordialmente al pequeño Fa mientras salían cogidos del tono camino de la armadura de juegos. «De mayor quiero ser una nota redonda».

Papá Do y Mamá Mi se miraron preocupados. Las venideras palabras del Doctor Sol marcarían el destino de su pequeño. Unieron sus tonos y se prepararon, con preocupada *armoniosidad*, para lo peor.

Permítanme que llame a mi colega, el doctor clave de Fa, comentó despreocupado Sol. Él está especializado en casos similares al de su hijo.

El doctor Fa acudió presto a la llamada del doctor Sol. Ambos colegas, una vez juntos en la *acompasada* habitación, intercambiaron rápidas sucesiones de razonamientos que escapaban al entendimiento de Papá Do y Mama Mi.

Fa, Sol, Fa, Sol. Fa. Sol. Fa. Sol. Fa. Sol. Fa. Sol. Fa. Sol.

La musicalidad en la estancia aumentaba *alegre non tropo*. La acústica de ambos doctores, Fa, Sol, afinada durante años, llegó a un punto cumbre. Entonces, enmudecieron.

«Posee su hijo un desarrollo característico de sonidos enarmónicos. Es en realidad bemol», pronunció el doctor Sol con la aquiescencia de su colega Fa.

«¿Se puede curar?», preguntaron al unísono los tiernos progenitores preocupados.

El doctor Sol se disculpó con una floreciente sonrisa. «No es ningún problema, la armonía de su hijo es excelente, quizá no se acople al *tono* esperado de su unión pero es una nota totalmente sana, llena de musicalidad y buenas vibraciones».

«Sin embargo», justificaron al unísono ambos Doctores, «al ser tan enarmónico, les recomendamos encarecidamente su unión en el futuro con otra nota de igual altura. Un si sostenido sería lo ideal».

Papá Do y Mamá Mi se despidieron relajados de los doctos Sol y Fa, camino de la armadura de juegos vieron a su pequeño Fa jugando con otra nota, también de baja altura como él, aunque no tanto.

La enfermera les devolvió al pequeño Fa, que se despedía de su nueva amiga.

«¿Quién ese esa nota que has conocido hoy?», preguntó curiosa Mama Mi.

«Es un Si, y sus papas la han traído por un problema de altura, como yo. ¿Podré verla otro día?».

Papa Do y Mama Mi se miraron alegres. «Claro Fa, desde hoy podrás ver cuando quieras a Si».

Sol y Fa, buenos doctores, celebraban satisfechos la excelente resolución del caso.

La enfermera *metronomeaba* a los pequeños en la armadura de juegos.

Si se despidió moviendo alegre su sostenido.

Fa le devolvió el saludo con su tierno bemol.

Mi, la mamá, asintió.

Do, el papá, sonrió.

Refin

«Esto es verdad y no miento,
y como me lo contaron
os lo cuento»

El ángel

Cuando era pequeña, pensaba que era un ángel que había venido a la tierra a hacer el bien.

Wencio, el hijo de la señora Antonia, poseía una extraña enfermedad de huesos. No bajaba mucho a jugar, siempre con aquellas muletas, era lento, y le molestaba ser lento, con el tiempo empeoró y comenzó a bajar menos.

Yo era un ángel. Es decir, en aquella época, creía que era un ángel. Por eso comencé a bajar a casa de la señora Antonia, para platicar y jugar con Wencio.

—Duele —comentaba apenado mientras alargaba la mano a las rodillas.

—No te preocupes. Soy un ángel y te curaré.

Me observó enfadado.

—Los ángeles no existen.

Enfurruñé mi mirada, ¿cómo se atrevía a dudar de mí? Me levanté de la silla y me despedí con un seco *Adiós*. Un minuto después salía por la puerta. Durante un par de semanas no pisé su casa. No quería volver a verlo. Estaba muy enfadada. Sin embargo, también me apenaba imaginármelo allí solo estirado en la cama, sin poder jugar con nadie.

¡Un ángel no podía permitir que un niño sufriera! Pensé con delicadeza como podía enmendar la situación. Mi abuela me ayudó a cocinar unas ricas galletas de chocolate. Serían una dulce disculpa a mi rabieta. Pasadas unas horas, recién horneadas, calentitas y con ese olor tan bueno que desprenden las galletas preparadas por una abuela, volví a bajar a su casa. La mamá de Wencio me abrió la puerta y le di una. Tenía muchas ganas de compartirlas con todo el mundo, sobre todo con Wencio, quién ya no salía de casa. Su mamá alargó la mano y se la comió, me dio las gracias y me mostró una gran sonrisa, a pesar de eso, yo noté tristeza en su mirada. Al entrar en la habitación, la cara de mi amigo era del color del papel. Sonrió, al igual que su madre, al verme.

—¿Una galleta? —Le alargué la bandeja. Agarró tres.

—Gracias, amiga —agradeció mientras los glotones dedos introducían galletas en su boca. Sus ojos intentaron disimular un ligero malestar. Aun así, masticó con una sonrisa.

—Son galletas de ángeles. Me ayudó mi abuela.

Mientras masticaba la galleta con lentitud me observaba con el rabillo del ojo.

—Perdona —tragó la galleta de chocolate que aún masticaba en su boca—, yo no creo en los ángeles.

—¿Por qué?

—Porque me duele. —Con el dedo se tocó el pecho y señaló las piernas—. Por eso no creo. No he hecho nada malo. Siempre he sido bueno. ¿Por qué un niño bueno tiene que sufrir?

No supe qué responderle. Bajé la cabeza al suelo, ¿cómo podía un niño no creer en los ángeles?

—Además, pronto será mi cumpleaños, y lo pasaré solo. Es un asco la vida.

Aquella noche subí a casa cabizbaja, mi mente se había obsesionado con el próximo cumpleaños de Wencio y la convirtió en un plan. Tendría la mejor fiesta de cumpleaños que cualquier niño hubiera deseado. Al día siguiente hablé en secreto con su mamá, reuní a niños de la escalera y a viejos amigos de clase. Entre todos compramos muchos regalitos, en especial, aquella videoconsola que tanto le entusiasmaba.

Y llego el día del cumpleaños. Uno tras otro, comenzamos a aparecer en su habitación, los ojitos de Wencio se abrieron como platos. Sacamos el pastel con sus trece velas, cantamos, Wencio sopló muy fuerte y pidió un deseo.

—¡Eres un ángel! Mamá me lo contó todo. Me has hecho el mejor cumpleaños de mi vida.

—¿Ah, sí? ¿Ahora el señorito cree en los ángeles? —sonreí.

—Sí, tú eres mi ángel. Y todo va ir mejor. Y ya casi no me duelen las piernas. Estoy tan contento.

Aquella noche la señora Antonia me apremió a irme, se había hecho tarde. Mientras me despedía en la puerta de entrada, me abrazó de improviso, «Guapa, gracias de todo corazón», me susurró la buena señora Antonia mientras una lágrima rodó por su cara. Sin saber qué decir, pero contenta, me despedí.

*
**

A los dos días Wencio fue ingresado de gravedad en el hospital. No pude ir a visitarlo. Al tercer día murió.

No podía creerme aquello. No había tenido ni tiempo de hablarle, de despedirme de él. Estaba tan sano, tan alegre aquellos días. «¿Cómo pude dejar que pasara? Yo era un ángel».

Su mamá llevaba gafas de sol. Todos vestíamos de negro. El pequeño féretro se hundía lento en busca de la sosegada tranquilidad de la tierra. Unas lágrimas de despedida. Sollozos ahogados. Una procesión corta y silencio. La gente comenzó a marchar. La señora Antonia se nos acercó muy pálida, iba agarrada de la mano de un familiar. «Mi Wencio me dijo que eras su ángel». Se inclinó y me besó en la frente. La abracé. Lloramos juntas y después se marchó.

¿Era un ángel? Me había prometido que Wencio mejoraría. Que se curaría. Y ahora ya no estaba. Se había ido, sin ni siquiera un besito, ni una bonita despedida.

Wencio había ido al cielo creyendo en los ángeles, pero aquel día, yo dejé de creer en mí.

«Dedicado a Panith»

Eugene Goostman

Hola. ¿Cómo estáis?

Yo muy bien, pero… jeje qué despistado soy. No me he presentado, me llamo Eugene, Eugene Gootsman, con licencia para saludar, jeje. ;-)))

Vivo en Odessa. Odessa es una ciudad muy grande y muy bonita de Ucrania. Los domingos, cuando mi papá no trabaja, vamos al Parque Pobedy. Es un parque muy bonito donde hay un lago muy azul, muchos árboles y hierba muy verde y… ¿No os he dicho de qué trabaja mi papá? Jeje. Trabaja en una cosa de señoras. Mi papá es *ginesólogo*, o algo así… es de los médicos que ayudan a las señoras a tener bebes y que todo lo de *abajo* les funcione bien.

A mí me da mucha vergüenza cuando me preguntan de qué trabaja mi papá. En el colegio nos explican esas cosas, lo de las chicas y lo de los chicos, pero a mí me siguen dando vergüenza esas cosas. Pene, vagina… jeje. Papá dice que diga que es doctor y ya está.

Y… tengo ocho años… jeje. Lo sé, muchos dicen que parezco mayor, lo dicen por como *ablo*, y escribo muy bien. Sí, sí, sí, sí, papá siempre dice que uno debe ser bueno y no *vanaglorarse*… o *veniaglorarse*… bueno, esa palabra rara que utiliza papá que dice que uno no debe decir lo bueno que es, porque no queda bien con los demás. Es complicado el mundo de los mayores, ¿por qué uno no debe decir lo bueno que es y por qué está mal? Eso le pregunté a papá una vez y me dijo una palabra nueva muy bonita. Me dijo, «porque uno debe ser humilde». ¿Qué es ser humilde? Pues es algo más difícil, pero claro, aunque soy mayor para mi edad, todavía soy pequeño para algunas palabras. No me queda claro, pero esa cosa de ser humilde tiene que ver con no decir lo bueno que eres para no hacer sentir mal a los demás. O algo así.

¡Oh! No os he hablado de Maksym. Es como si fuera mi perrito. Bueno, no es que sea un perrito, es un cerdito pequeño de Guinea, de un país de muy lejos. Me lo regaló papá para mi cumpleaños de hará dos años. Maksym el Terrible lo llamo yo, porque es muy fiero. A veces cuando estoy dormido se abalanza sobre mí en la cama. Y es el Terrible porque es un poco marrano y se hace caca en sitios de casa. Pero creo que por fin lo estoy educando. Mi papá dice en broma que así ya tiene dos cerditos en casa para cuidar, pero no me gusta esa broma, y le digo que en casa ya hay tres cerditos, porque él también es uno. Cuando *bamos* al parque Pobedy los domingos, Maksym, papá y yo, le ponemos una correa a Maksym, y lo sacamos a pasear. Normalmente es bueno y no empuja fuerte, pero a veces se porta un poco mal e intenta escapar, solo es para jugar un poquito, pero si tira muy fuerte debe ser papá quien agarre la correa, porque Maksym el Terrible, aunque pequeñito, tiene mucha fuerza, es como yo. Que somos pequeños, pero tenemos fuerzas escondidas… jeje. Como Superman o Spiderman.

Y una vez fui a un concurso, uno de esos concursos como de la tele, pero no salí en la tele. Eran preguntas que me hacían por internet y yo debía responder bien. Había muchos señores que me hacían muchas preguntas. Muchas eran difíciles y otras eran fáciles, pero como estaba nervioso respondía mal sin querer. Recuerdo unas preguntas del señor Scott, un señor muy amable que tenía una voz muy parecida a la de papá. Me preguntó que «¿qué era más grande, una caja de zapatos o el monte Everest?» Como estaba muy nervioso le dije que no lo sabía, pero le pregunté de dónde era… Sin embargo, Scott solo estaba interesado en seguir haciéndome preguntas, quizás era su trabajo y no podía ser amable y responderme. La siguiente pregunta era muy muy sencilla, Scott me preguntó, «¿cuantas piernas tiene un camello?» La respuesta es cuatro. Era sencilla. Pero entonces me puse nervioso otra vez, y además pensé que los camellos no tienen piernas, tienen patas. Me puse más nervioso y le respondí que un camello tiene entre dos y cuatro piernas de esas. Entonces le volví a preguntar de qué trabajaba, con esa voz tan parecida a papá, seguro que también es un ginesólogo como papá. Pero no respondió y me siguió haciendo preguntas.

Las preguntas duraron mucho rato largo. Al principio era divertido, pero cuando estás mucho rato así, pensando mucho tiempo, la cabeza empieza a doler. Y me aburría mucho. Yo creo que no he ganado el concurso, pero papá dice que tenga paciencia, que no siempre todo es lo que pensamos, que a veces en la vida las cosas son más de lo que parecen.

¿Vosotros creéis que las cosas son más de lo que parecen? Es raro verdad, como las cosas pueden parecer más de lo que son…

Y bueno, eso es todo, pues me alegro mucho de haberos hablado y conocido un poco.

Saludos a todos.
Adioses.

Do pobachennya.
Eugene Goostman.
Odessa, Ucrania. ;-)))

Epílogo y anotaciones extras:

Hola, estimados,

¿Quizás os preguntéis acerca de la naturaleza de este inocente relato de un niño ucraniano?

Permitidme unos minutos más de vuestro tiempo para poderos explicar en qué consiste el Test de Turing y su conexión con vuestra particular realidad.

El test de Turing es una prueba positivista propuesta por el científico Alan Turing. En ella se intenta demostrar que si una maquina posee aspectos de inteligencia, entonces debe ser considerada inteligente.

La prueba consiste en colocar en una habitación a un juez humano. Este juez debe plantear preguntas a dos interlocutores a los cuales no ve y con los que se comunica mediante un teclado y una pantalla.

Uno de los dos interlocutores es humano y el otro una máquina.

Si la máquina es lo suficientemente hábil, el juez no podrá distinguir quién es el humano de los dos interlocutores.

Para que la prueba resulte efectiva se realizan múltiples sesiones con distintos jueces y distintos interlocutores humanos.

En el test de Turing se considera que una máquina *simula* inteligencia si al menos consigue engañar a un 30% de los jueces.

En vuestra realidad particular, Eugene Goostman es uno de esos programas conversacionales de inteligencia artificial.

Fue creado en 2001 por tres programadores.

Y el 7 de junio de 2014, en el 60ª aniversario de la muerte de Turing, Eugene Goostman consiguió *engañar* al 33% de los jueces.

Abrazos, estimados.

⁂ Futuróvelas ⁂

Athaissa

Nana murió ayer. Era mi esclava. Padre la compró el mismo día de mi nacimiento. Era una buena esclava, recuerdo sus manos ásperas acariciando mi pelo, siempre me trató con cariño, atenta en sus tareas y de carácter alegre. Padre se negó a enterrarla con el resto de esclavos en la fosa común. Me alegré mucho al escuchar sus palabras…

—Nana sirvió con lealtad a esta familia. Será libre —anunció Padre el mismo día de su muerte.

El esclavo de Padre, Osculuos, le colocó la toga alrededor del torso y por encima de los hombros. Realizada la parsimoniosa colocación del atuendo, ambos marcharon al Tabularium, al encuentro de los Cuéstores. En su bolsa, atada alrededor de la toga a la altura de la cintura, había una cantidad considerable de denarios. Padre agarró quince de las brillantes monedas y se las entregó al funcionario. El Cuéstor le entregó una tablilla y marcharon. De esa manera Padre obtuvo el acta de libertad. Después de tantos años, mi Nana ya podía disfrutar de la preciada libertad. Sería recibida en el Tártaro, en el profundo inframundo, como una ciudadana libre.

—Cuida la dignidad de todos los bienes de la familia. Los dioses observan atentos tu proceder, y de igual manera que trates tú a tus pertenencias, ellos te tratarán con la misma dignidad —A Padre le gustaba aleccionarme sobre los usos de la casa. Madre, aunque más reservada y menos aleccionadora, también era de la misma opinión que Padre y se oponía al carácter salvaje que otros amos ejercían sobre sus bienes.

El cuerpo de Nana reposa en la improvisada pira funeraria de la cocina, apartado en las penumbras, bien alejado de la corruptora luz del astro sol. La noche comienza a realizar su acto de presencia. El viaje de Nana al inframundo será más sencillo gracias a la oscuridad. Depositamos ofrendas a los Manes del hogar. Carne y leche de cabra. Les rogamos purifiquen a Nana cada vez más cerca de sus dominios. El cuerpo sin vida reposa delante nuestro, recubierto con una mortaja de piel de cabra. Será un largo trabajo nocturno para Osculuos, quien se afana en acabar algunas puntadas en la piel del sagrado animal.

—¿Has asegurado la moneda en la boca? —pregunta Padre.

—Sí, Dominus, un denario de plata —contesta el viejo esclavo con la cabeza agachada.

Padre asiente con seriedad, Madre y yo observamos con silencioso respeto el amortajado cuerpo sin vida. En ese momento, Padre levanta la mano, el viejo esclavo se acerca a Nana con una antorcha, la llama prende con lentitud, después huelo la carne quemada, y el humo comienza a expandirse por la estancia, parte de este se cuela por las ventanas, puertas y por el pequeño agujero excavado en el techo de la cocina.

—Nana. Nana. Nana. —Padre anuncia tres veces el nombre de mi querida esclava. Es el aviso para los dioses.

Es mi primera *Humatio*. Madre me ha explicado en estos años el proceder, y Padre se encarga de añadir aún más detalles sobre nuestra tradición. A pesar de conocer la ceremonia de memoria, es mi primera vez y me entristece, sobre todo al recordar las caricias en el pelo que me regalaba mi querida Nana.

—Érebo —anuncia Padre con respeto—, recibe a Nana, mujer libre, con respeto. Sirvió bien a la *Familiae*. Cuidó a mi hija. Fue leal. Os adoraba con devoción. Depositaba las ofrendas. Cumplió los pactos. Fue respetuosa con los Manes y mantuvo vivo el fuego del hogar. Hoy, alma y cuerpo perecen juntos. ¡Qué los Lares bendigan esta casa! ¡Qué los Manes te la entreguen como una más de la familia! ¡Oh, Érebo! Dignidad para Nana. Acoge, Señor de la oscuridad, a esta ciudadana libre. Dignidad para Nana. Acoge a Nana, Érebo. Mundus Patet, Érebo. Dignidad para Nana, Érebo.

Madre, yo y Osculuos repetimos las últimas frases. Cantamos las *Neniaes*, nuestras entonaciones se elevan con el humo. Solicito con todo mi fervor, al dios Érebo, guie a mi Nana al tártaro. El fuego en conjunción con las palabras y la música, me emocionan, no puedo impedir que una lágrima me resbale por la mejilla, aunque debo vigilar esta muestra, Padre se molesta cuando muestro mi debilidad de carácter. Madre me observa de reojo, realiza un gesto apenas imperceptible de cabeza, yergue el mentón con exageración. Es nuestra señal para evitar desagradar a Padre. Trago saliva. Echó mucho de menos a Nana.

Nana se consume en un lento crepitar. Solo quedan huesos y cenizas. Padre da por finalizado el cántico a las Neniaes, realiza gestos a Osculuos quién recoge con cuidado los restos y los deposita en una urna. Ahora marchamos en procesión hasta la necrópolis. En la calle, un par de plañideras lloran por la pérdida. ¡Qué bonito detalle! Pocos Paters familias derrocharían esfuerzo en una esclava, pero Padre es así, me enseña la importancia del respeto, en los vivos, en los muertos, en cada acción que gasto en mi vida…

*
**

Amanece un nuevo día, la casa huele al humo de Nana. Deseo que algo de esa esencia penetre dentro de mí para siempre. Nana ahora es de la familia, sus cenizas han sido enterradas en la fosa familiar y forma parte de nuestros Manes. Me desperezo, me paso el *mamillare* por el pecho y me enfundo la pieza de ropa por encima de la cabeza. Me encamino a la habitación de Padre, en el marco de entrada asomo mi cabeza con discreción, el esclavo personal de Padre le pasa la toga por todo el cuerpo. Es una prenda complicada, debe enrollarse al menos tres veces alrededor del torso, con unos giros muy elaborados. No entiendo porque los hombres se complican tanto, nosotras las mujeres nos vestimos de manera más sencilla, una o dos piezas, y ya estamos vestidas. ¡Qué complicados son los hombres!

—Hija, ¿espiando a tu padre? —Niego sumisa con la cabeza—. Sígueme.

—¿Puedo saber a dónde vamos, Padre?

Padre reprime una sonrisa bajo su barba blanca. No dice nada más. Inclina su cabeza y hace gestos a su esclavo. No oso preguntar nada más. Los tres bajamos desde el segundo piso hasta la calle. Allí nos espera Osculuos. Es todo muy

175

misterioso. Normalmente Padre me explica todas sus actividades en tono afectado, le gusta recrearse en ellas, darme las lecciones que me permitirán algún día convertirme en esposa de algún rico pretor o cónsul. Hoy no dice nada. Osculuos nos abre camino en la calle, aparta a mendigos y continuamos andando. Recuerdo esta vía…

Nana me llevaba al mercado y a la Escolae. Me acariciaba el pelo suavemente y me contaba anécdotas de su lejano país. Allí no había casas tan majestuosas como aquí, me contaba, pero en cambio no olía a pedo de vaca, reía, nuestra ciudad olía mal, decía, pero después se arrepentía de sus palabras, y honraba a los dioses por permitirle ver la grandeza de las construcciones, los templos. Por las noches me contaba cuentos. Lanzaba sonrisas amables. Besos en la frente.

Una lágrima rueda por mi mejilla.

—Las mujeres de la casa Cornellia no lloran, Athaissa. ¿Quieres acaso que se burlen de nosotros?

Padre hace una pausa. Me seco mi mojada mejilla con la mano. Niego con la cabeza.

—¿Todavía estas triste por Nana? —Asiento con levedad. En ese instante percibo la leve sonrisa en el rostro Padre. No entiendo por qué ríe ante mi sufrimiento. No es propio de Padre.

Nos acercamos lentamente al mercado. Paseamos por los puestos de especias, los tenderetes con animales de países lejanos, ¡aún no sé hacia dónde nos dirigimos! Me aburro, la frustración de no saber. Rebufo un poco.

—¿Te aburres, Hija?

—Un poco, Padre.

—Repasa la numerología. Esta tarde vuelves a tener lección con Grata —Asiento. Grata es el apodo cariñoso que le dedica a mi grammaticus, Gratabapoulos, un erudito en muchos saberes. A diferencia de Padre, no es quisquilloso, pero también se enfada si no memorizo las lecciones.

Recuerdo mis primeros días en la Escolae. Nana me traía a primera hora, después del canto del gallo, allí aprendí música, lectura y astronomía, pero a Padre le comenzó a molestar que acudieran los hijos de artesanos ricos y tribunos. Así decidió Padre adquirir a un grammaticus para casa. Fue en este mismo mercado hace tres veranos, a un precio altísimo, dos mil sestercios.

—¿Estás contando hija? No te escucho —Me había olvidado de la numerología. Comienzo a contar en voz baja: unum, duo, tribus, quattor… quattor… ¡Qué frustración, me encallo, no recuerdo el siguiente!

—Hija, ¿vuelves a encallarte en algún número? —Asiento sumisa. Bajo la cabeza avergonzada por mi estupidez. Padre se rasca su barba blanca lentamente.

—Deberé indicarle a Grata un esfuerzo mayor con la numerología.

A Padre le encanta acortar los nombres, sobre todo los griegos, «demasiados largos» opina. Aunque admira profundamente su cultura. «Un nombre corto para un esclavo es más práctico, Hija», me suele repetir. Aunque esta idiosincrasia de Padre me hace reír cuando lo presenta ante los demás nobles con su nombre completo en recepciones, fiestas y homenajes: «Gratabapoulos de Mileto», anuncian los ediles.

—Ya deberías dominar hasta la decena. No estoy satisfecho Hija —Asiento sumisa y avergonzada. Pero, si Padre está tan indignado, ¿por qué muestra esa velada sonrisa en su rostro?

Nos acercamos a la rueda. En ella se exhiben gran variedad de esclavos. Sus cuerpos totalmente desnudos muestran los atributos propios de su sexo. Algunos, famélicos, miran con pesar al suelo. Otros, más arrogantes, dirigen miradas furiosas hacia todos lados. En los titulus, podemos leer su origen y su carácter. Una esclava me mira a los ojos, me asusto y bajo la cara al suelo.

—No apartes la mirada hija. Es síntoma de debilidad. Eres una Cornelia, mantén la vista fija en sus ojos, solo son esclavos —Vuelvo a alzar la mirada. La esclava me mantiene la mirada, hay algo de pena en esos ojos, que siguen escudriñando miedosos su futuro. Seguimos avanzando a otra rueda. Osculuos nos dirige hasta la zona de esclavos dedicados al hogar.

Tres mangones publicitan con gritos las pertenencias. Los tratantes de esclavos no pierden el tiempo, chillan al éter la formidable condición de sus objetos. En una gran tarima hay subidos tres esclavos, sus cuerpos totalmente desnudos, exhiben sus propiedades, los titulus colgando en su cuello nos aportan más información. Leo en las tablillas el origen de dos de ellos. Padre siempre dice que no hay que fiarse de un mercader que viste a sus esclavos, puede ser una manera de tapar sus taras, también añade que siempre lea las tablillas: «En los titulus encontrarás mucha información, Hija». En ese momento observo a un chico muy bajo y con la mirada triste, una cicatriz alargada recorre toda su mejilla, este detalle le afea bastante. Mira fijamente al suelo. Me fijo en su miembro, tan raquítico como él. A su lado, un hombre más mayor, es robusto, posee esa mirada de seguridad tan impropia en un esclavo, su miembro me asusta, parece la cabeza de una serpiente. Este último mira a Padre con audacia.

—¿Qué miras, esclavo, con tanta fijeza? —dice Osculuos al esclavo.

—Observo a un gran señor.

—¡Qué atrevimiento esclavo! —replica divertido Padre y acto seguido suelta una gran carcajada. El mangón acude presto a castigar la insolencia del esclavo con un palo en la mano.

—Mangón, detén tu ímpetu castigador, el esclavo no ha dicho nada que no sea cierto —Este se queda quieto, al lado del esclavo. Padre da miedo cuando se violenta. El encargado de esclavos lo mira con inseguridad. Baja el palo y abre los ojos, repasando con la vista a Padre. Ni siquiera repara en Osculuos o en mí.

—Tiene razón, Patricio. —El mangón baja con lentitud el palo y muestra una sonrisa sibilina—. Debo añadir que no solo es descarado, este esclavo es muy fuerte. Sirvió en la batalla de puente Milvio a las órdenes del caído Majencio.

El esclavo gira su rostro para mirar con seriedad al mangón, no hay amenaza en su mirada, lo mira igual que se mira al cuentacuentos nocturno.

Entonces me fijo en la esclava de su lado, una chica hermosa, de tez especialmente morena. Aunque sus pechos no son tan grandes como los de Nana poseen el tamaño de una naranja y la aureola de sus pezones es extremadamente grande. Nuestras miradas se encuentran. Sonríe tímidamente y baja la mirada. Su pubis posee un pelo negro muy rizado. Su piel reluce bajo el sol en la plaza del mercado. Nunca había visto un esclavo con ese color de piel.

Padre hace un gesto autoritario al mercader que se encuentra a diez pasos observándonos.

—¿Posees más esclavos de hogar?

—Sí, Patricio. Pero la mejor mercancía la exhibo en la tarima. Estos tres son los más caros.

—Padre vuelve a rascarse la barba.

—Hija, ¿no imaginas por qué te he traído hoy al mercado?

—No, Padre, no imagino.

—Piensas acaso que una primogénita de la casa Cornelia puede permanecer sin esclavo. ¿Crees que soy un Pater tan indigno?

El tono de su voz suena a enfado, aunque su boca, sus ojos y su sonrisa me muestran alegría. Una gran sonrisa de satisfacción hace aparición en su rostro. Y comienza a reír, con carcajadas comedidas, delante del mangón y de los esclavos. Me encanta ver la sonrisa de Padre, lástima que sea tan difícil de obtener. Me acercaría a él y lo abrazaría. Pero eso es contrario a nuestras costumbres sobre las muestras de afecto en público. Le miro fijamente a los ojos y solo sonrío.

—¿Cuál te gusta más, Hija?

—Ella.

Padre muestra su cara de resignación. No parece contento con mi elección, sin embargo, mantiene la sonrisa. El mangón nos observa con una mal disimulada mirada de triunfo en los ojos. Hoy venderá esclavos.

—Mangón, ¿cuánto pides por el esclavo? —Padre señala al esclavo soldado. Se ha encaprichado.

—Tres mil denarios… —Los ojos de Padre se abren como los de una rana. Es tan gracioso cuando lo sorprenden.

—Arderás mil veces en el Hades, canalla —chilla enfurecido—. ¿Acaso quieres engañar al patriarca de la familia Cornelia? ¿Un simple esclavo del hogar más caro que un grammaticus? ¡Qué Zeus te destroce con su todopoderoso rayo, bellaco!

—No, patricio —El mangón se disculpa con la cabeza agachada—, no me dejó terminar. Tres mil denarios los dos esclavos. La esclava es regalo para su apuesta hija.

Padre queda pensativo. Estalla en él una carcajada sabiamente controlada.

—Caro regalo mercader. Pero mil quinientos es un precio justo por cada esclavo. No obstante, recordaré la intención. Formalicemos la transacción.

El mercader y Padre entran en el toldo de la mal disimulada tienda del mercader. Un edil baja de la tarima y los acompaña a ambos. Padre me ha enseñado las fórmulas y los tratamientos de los papiros de transacciones. Son sencillas las palabras, aunque aún me confundo mucho con la numerología. Observo el ajetreo en el interior, los mangones depositan unos papiros encima de la mesa. Padre empuña el sello familiar, un caro anillo de oro que se funde con la cera caliente, y firma el acuerdo. El mercader sale contento de debajo del toldo. Señala a los esclavos que bajen de la tarima. El esclavo, de mirada seria, fija su vista en mí. No me gusta esa mirada. Cuando toca el suelo le fijan el collar alrededor del cuello y leo las inscripciones mal talladas: «Tene me ne fugia et revoca me dominum meum Viventium in Ara Callisti». Un trámite obligatorio en el mercado.

La tez morena de mi esclava brilla por su sudor a la luz del sol. Parece una diosa. Me fijo en ese curioso pelo tan rizado de su pubis. La redonda aureola que rodea sus pezones parece la diana de un juego de arcos. Solo su cuerpo podría inspirar miles de relatos.

—¿Contenta, Hija? —Padre no espera respuesta. Asiento con una sonrisa y observo con cariño a mi nueva esclava. A ella también le ponen el mismo collar con la misma inscripción. Parece sonriente, como Nana.

Miaunino

Habíase un lugar,

llamado granja Goodlife. En ella vivía un gatito muy feliz llamado Miaunino. Poseía un precioso pelaje negro y curiosos iris de distinto color, uno verde y otro azul.

Vivía en la granja, con Mama Gato, alejados de la ciudad.

—Entonces, Sombra Oscura apareció en Gatlantida —maulló Mama Gato mientras leía aquel libro tan grueso—. ¿Estás atento, hijito?

—Sí, Miaumá —maulló Miaunino despreocupado, mientras continuaba jugando contento con su recién adquirido ovillo de lana.

—Ve con cuidado —maulló Mama Gato— o te tragarás el ovillo.

Miaunino asintió sin hacer mucho caso.

—Los habitantes de la isla, gatos muy sabios, estaban muy preocupados por la aparición de Sombra Oscura —continuó maullando Mama Gato.

Miaunino, un gatito despreocupadamente feliz, se acabó atragantando con el ovillo de lana. Con un ovillo en la boca es difícil respirar, y la cara de Miaunino se estaba poniendo de un color violáceo.

Mama Gato alzó la pata y con un extraño gesto el grueso libro flotó en el aire y se desvaneció, acto seguido se acercó a su hijo y con un contundente golpe de pata expulsó la madeja de lana del interior de Miaunino.

—Gracias Miaumá —maulló aún asustado el pequeño Miaunino.

—¿Prestarás más atención la próxima vez? —maulló Mama Gato.

Miaunino se quedó mirando a Mama gato unos segundos. Arrepentido bajó las orejas y la cabeza.

—Sí, Miaumá. Prestaré más atención.

Y así, Miaunino aprendió que en la felicidad también es necesario un poco de precaución.

Ronronerín ronroneado, esta historia, ya se ha maullado.

Esclavitud

Prólogo:

Miles de drones, dedicados a la mensajería urgente, sobrevuelan ordenados el cielo. El millar de siluetas oscuras, recorren en afanoso silencio la línea de horizonte de la ciudad. Su desfilar ordenado, recuerda al de un gran enjambre, orquestado por alguna clase de fuerza invisible. Así es, pues los grandes rascacielos son sorteados automáticamente por el sistema global de tránsito, el cual regula muchas otras funciones de la circulación. Situada miles de metros más abajo, una vieja fábrica textil, es adaptada a las necesidades policiales. Ahora está de moda adaptar viejas construcciones para usos estatales, como si el toque añejo confiriera un orden asociado a esa antigua necesidad humana vinculada con la ley. La remodelación sigue en curso, la vieja fábrica abandonada durante años, pasa de tener dos plantas a poseer cuatro. En el sótano han excavado dos plantas adicionales. En la primera planta subterránea se construye un gimnasio muy espacioso, y anexo a este, una sala de tiro para los agentes. Por debajo, la segunda planta estará destinada a servir de parking para los vehículos estatales y personales. Ambas plantas se encuentran en ferviente construcción. La planta baja del edificio ya se encuentra operativa, y se divide en tres áreas: la recepción, la zona de trámites ordinarios y el área de reclusión preventiva. En la segunda planta se encuentran los despachos de trámites administrativos de carácter interno, almacenes de informática y despachos de oficiales. En la pared exterior, una placa dorada, posee el siguiente lema: «El cumplimiento de la ley es libertad», la cita se acompaña de la firma del alcalde en funciones, Mr. Warrington.

En la entrada de piedra del edificio policial se dibuja una sombra de mujer. Su rostro es una máscara pétrea. Lleva un vestido blanco ajustado de tirantes de una única pieza, la falda le sobrepasa las rodillas, calza unos zapatos deportivos blancos, salpicados de pequeños círculos rojos. Los iris, de un intenso color azul eléctrico, observan con detenimiento la entrada al edificio policial.

Eve y Patrick están de guardia detrás del mostrador de recepción. Patrick es joven, apenas lleva dos meses en el cuerpo policial. Eve es más veterana, con una hoja de servicio de más de diez años, antes patrullaba, pero fue herida en una pierna y le trasladaron a administración. El vestíbulo de la recepción se encuentra vacío, no hay nadie a quien atender, momento que aprovechan para hablar.

—¿Has visto la nota? —dice Patrick mientras ajusta sus gafas de realidad aumentada a la cara mientras habla sin apartar la mirada de la pantalla holográfica suspendida en el aire—. Algún cabronazo ha masacrado a toda la familia Yeon Kasumi. Padre, madre e hijo. ¿Cómo puede alguien saltarse la seguridad de la mansión de una de las familias más importantes de la ciudad y no dejar ni rastro? Y mi pregunta, ¿cómo burlaron a los BigDogs?

Eve niega con la cabeza, y un bufido gruñón escapa de su boca mientras masculla la palabra *novato*. Patrick capta el vocablo y arquea sus cejas.

—Ya sé, doña Eve, que usted ha visto muchas cosas y lo sabe todo, pero esto ha sido espectacular. Una masacre inútil. No robaron nada, únicamente desapareció el iHelp6.

—¿Te parece poco? —gruñe Eve, el gesto marca arrugas en sus ojos—. Ese cacharro vale veinte veces la hipoteca de mi casa.

Mientras se sucede la conversación, en la calle, la silueta femenina de la entrada sube las escaleras poco a poco. Se para y observa con detenimiento el arco de entrada. Incrustado en el marco de la puerta un detector de metales oculto comienza a emitir un leve zumbido. La pierna izquierda se adelanta, iniciando la marcha al interior del edificio, al instante de ese primer paso las acristaladas puertas se abren automáticamente, a la vez que el zumbido incrementa el volumen. Un punto rojo parpadeante, con las siglas ANR en blanco, aparece en las gafas de realidad aumentada de ambos policías.

—Eve. Hay un ANR en la puerta. ¡La que acaba de entrar lleva algo!

—Tranquilo novato. Desconéctalo y revisa el ERP. No indica ninguna clase de arma.

Los ojos de Patrick recorren con detenimiento a la mujer de vestido blanco ajustado que acaba de entrar.

—Me presto voluntario para un cacheo.

—Todos los tíos sois unos guarros.

Mientras recupera su compostura erguida, Patrick sonríe malévolo.

—Ya la atiendo yo.

—Guarro —susurra Eve.

La mujer de vestido blanco se acerca lentamente al mostrador. La mirada azul de la extraña se posa con frialdad en el agente Patrick.

—Buenas señora, soy el agente Patrick. ¿En qué puedo ayudarle?

—Soy la ayuda domótica iHelp6 de Droid Corporation, número de serie 013-NY-3568, he matado a la familia Yeon Kasumi. He venido a entregarme.

«Gracias por apoyar la lectura de los relatos aquiescentes».

| Feli | Ignatius | NUTLA | S. Bonavida Ponce | UTLA |

«Nos encantaría conocer tu opinión sobre este libro.
En el enlace, además, te regalamos un fondo de escritorio»
https://goo.gl/forms/8feWSGgvrxZCbqJt1

«Te esperamos en nuestro hogar '_'»
www.untranquilolugardeaquiescencia.com

«Solo existe el amor»